> **ESTE DIÁRIO PERTENCE A:**
>
> ## Nikki J. Maxwell
>
> *PARTICULAR E CONFIDENCIAL*
>
> Se encontrá-lo perdido, por favor devolva para MIM em troca de uma RECOMPENSA!

(PROIBIDO BISBILHOTAR!!!☹)

TAMBÉM DE Rachel Renée Russell

Diário de uma garota nada popular:
histórias de uma vida nem um pouco fabulosa

Diário de uma garota nada popular 2:
histórias de uma baladeira nem um pouco glamourosa

Diário de uma garota nada popular 3:
histórias de uma pop star nem um pouco talentosa

Diário de uma garota nada popular 3,5:
como escrever um diário nada popular

Diário de uma garota nada popular 4:
histórias de uma patinadora nem um pouco graciosa

Diário de uma garota nada popular 5:
histórias de uma sabichona nem um pouco esperta

Diário de uma garota nada popular 6:
histórias de uma destruidora de corações nem um pouco feliz

Diário de uma garota nada popular 6,5: tudo sobre mim!

Diário de uma garota nada popular 7:
histórias de uma estrela de TV nem um pouco famosa

Diário de uma garota nada popular 8:
histórias de um conto de fadas nem um pouco encantado

Diário de uma garota nada popular 9:
histórias de uma rainha do drama nem um pouco tonta

Rachel Renée Russell

DIÁRIO
de uma garota nada popular

Histórias de uma babá de cachorros nem um **POUCO** habilidosa

Com Nikki Russell e Erin Russell

Tradução
Carolina Caires Coelho
8ª edição

Rio de Janeiro-RJ/São Paulo-SP, 2025

VERUS
EDITORA

Título original: Dork Diaries: Tales from a Not-So-Perfect Pet Sitter
Editora: Raïssa Castro
Coordenadora editorial: Ana Paula Gomes
Copidesque: Anna Carolina G. de Souza
Revisão: Raquel de Sena Rodrigues Tersi
Diagramação: André S. Tavares da Silva
Capa, projeto gráfico e ilustrações: Lisa Vega e Karin Paprocki

Copyright © Racheĺ Reneé Russell, 2015
Tradução © Verus Editora, 2016
ISBN 978-85-7686-508-7
Todos os direitos reservados, no Brasil, por Verus Editora.
Nenhuma parte desta obra pode ser reproduzida ou transmitida por qualquer forma e/ou quaisquer meios (eletrônico ou mecânico, incluindo fotocópia e gravação) ou arquivada em qualquer sistema ou banco de dados sem permissão escrita da editora.

VERUS EDITORA LTDA. RUA ARGENTINA, 171, SÃO CRISTÓVÃO, RIO DE JANEIRO/RJ, 20921-380, WWW.VERUSEDITORA.COM.BR

CIP-BRASIL. CATALOGAÇÃO NA FONTE
SINDICATO NACIONAL DOS EDITORES DE LIVROS, RJ

R925d

Russell, Rachel Renée

Diário de uma garota nada popular 10 : histórias de uma babá de cachorros nem um pouco habilidosa / Rachel Renée Russell ; com Nikki Russell, Erin Russell ; tradução Carolina Caires Coelho. – 8. ed. – Rio de Janeiro, RJ : Verus, 2025.

il. ; 21 cm

Tradução de: Dork Diaries: Tales from a Not-So-Perfect Pet Sitter
ISBN 978-85-7686-508-7

1. Ficção infantojuvenil americana. I. Russell, Nikki. II. Russell, Erin. III. Coelho, Carolina Caires. IV. Título.

16-32189

CDD: 028.5
CDU: 087.5

Revisado conforme o novo acordo ortográfico
Impressão e acabamento: Gráfica Santa Marta

À doce lembrança de
meu pai e herói,
Oliver

Obrigada por me ensinar a
sonhar alto, trabalhar duro
e a NUNCA desistir!

AGRADECIMENTOS

^^^^^
ÉÉÉÉÉ!! Conseguimos mais uma vez! Estou empolgada por acrescentar mais um *Diário de uma garota nada popular* à nossa série maravilhosa.

A cada livro novo, continuamos trazendo ainda mais diversão, drama e animação do mundo maluco de Nikki Maxwell.

Nada disso teria sido possível sem o apoio dos seguintes membros da EQUIPE NADA POPULAR:

Liesa Abrams Mignogna, minha editora editorial SUPERLEGAL e CRIATIVA. Obrigada por tudo o que você faz! Sempre fico fascinada com o modo como você administra todas as etapas para entregar este livro no prazo. Eu me divirto muito trabalhando com você. Saber que você continua rindo alto depois de ler meus livros me inspira a continuar compartilhando a voz de Nikki com o mundo. Mal posso esperar para apresentar MAX CRUMBLY a nossos fãs NADA POPULARES e criar lembranças ainda mais incríveis com você!

Karin Paprocki, minha TALENTOSA diretora de arte. Eu AMO, AMO, AMO nossa capa com patinhas de cachorro!

Você produziu mais uma capa incrível que certamente será uma das preferidas. Obrigada pela direção de arte MARAVILHOSA e por equilibrar E sobreviver ao nosso cronograma MALUCO.

À minha maravilhosa editora geral, Katherine Devendorf. Obrigada pelo trabalho árduo com esta série e por passar as madrugadas conosco. Seus esforços nos ajudaram a terminar mais um livro sensacional.

Daniel Lazar, meu agente FABULOSO na Writers House. Obrigada pela honestidade e pelo apoio. Você é mais do que um agente, é um amigo de verdade e um incansável defensor desta série. Obrigada por acreditar em mim!

Um agradecimento especial à minha equipe Nada Popular na Aladdin/Simon & Schuster: Mara Anastas, Mary Marotta, Jon Anderson, Julie Doebler, Jennifer Romanello, Faye Bi, Carolyn Swerdloff, Lucille Rettino, Matt Pantoliano, Teresa Ronquillo, Michelle Leo, Candace McManus, Anthony Parisi, Christina Pecorale, Gary Urda e toda a equipe de vendas. Eu não teria conseguido sem vocês! Vocês são os MELHORES de todos os tempos!

A Torie Doherty-Munro, da Writers House; a meus agentes de direitos internacionais, Maja Nikolic, Cecilia de la Campa e Angharad Kowal; e a Deena, Zoé, Marie e Joy — obrigada por me ajudarem a deixar o mundo NADA POPULAR!

Erin, minha coautora supertalentosa, e Nikki, minha ilustradora supertalentosa. Eu me sinto tão ABENÇOADA por ser a mãe de vocês. Kim, Don, Doris e toda a minha família — fico muito feliz por estar dividindo este sonho com vocês! Amo vocês demais!

Lembre-se sempre de deixar seu lado NADA POPULAR brilhar!

QUARTA-FEIRA, 30 DE ABRIL — 16H05
NO MEU ARMÁRIO

Tudo bem, eu tentei MUITO ser educada em relação a tudo isso! Mas... DESCULPA!! EU SIMPLESMENTE NÃO AGUENTO MAIS!!

Se eu ouvir o nome da MacKenzie Hollister mais uma vez, eu vou... GRITAR!!!

Não consigo acreditar que todo mundo neste colégio AINDA está falando sobre ela. É como se eles estivessem obcecados ou alguma coisa assim!

"Se a MacKenzie estivesse aqui, ela ADORARIA isto!"

"Se a MacKenzie estivesse aqui, ela ODIARIA isto!"

"Este colégio nunca mais será o mesmo sem a MacKenzie!"

"AI, MEU DEUS! Sinto MUITA falta da MacKenzie!"

MACKENZIE! MACKENZIE! MACKENZIE ☹!!

EU, TENDO UM COLAPSO NERVOSO PORQUE ESTOU DE SACO CHEIO DE OUVIR TODO MUNDO FALANDO DA MACKENZIE!

Escutem, pessoal! A MacKenzie foi EMBORA há uma semana, e ela NÃO vai voltar!!

Então podem chorar um rio, construir uma ponte e passar por cima disso!

Tudo bem, eu admito.

Fiquei tão chocada e surpresa quanto todo mundo quando ela partiu tão de repente.

Mas a MacKenzie ME DETESTAVA e tornava a minha vida totalmente PÉSSIMA.

E, para ser sincera, parece que ela AINDA está aqui.

Sei que isso parece esquisito, mas é quase como se eu conseguisse SENTIR a presença dela aqui enquanto escrevo no meu diário.

Mas isso provavelmente é por causa de todas as PORCARIAS CAFONAS que os alunos estão deixando para ela E QUE ESTÃO OCUPANDO TODO O ESPAÇO QUE TENHO NO MEU ARMÁRIO ☹!!!!

EU, TOTALMENTE ENOJADA COM O LIXO TOMANDO MEU ESPAÇO ☹!!

Tenho certeza de que ela está AMANDO que sua ex-MELHOR AMIGA, a Jessica, transformou o armário vazio dela em um santuário "Sentimos falta da MacKenzie!!", completando a homenagem com uma página no Facebook!

AAAAFEEEE!!

É bem óbvio para mim que a MacKenzie AINDA está manipulando os alunos.

Principalmente depois daquela CARTA DE DESPEDIDA muito patética e superdramática que ela enviou por e-mail para o jornal do colégio hoje de manhã.

O editor colocou na internet para o colégio todo ler.

AI, MEU DEUS! A MacKenzie ficou falando e falando sobre como estava cansada do sofrimento desnecessário e que decidiu pôr fim a ele se mudando para um lugar muito melhor.

Tenho certeza de que ela disse todas aquelas coisas para fazer todo mundo sentir PENA dela.

Só para o caso de eu decidir EXPOR todas as coisas TERRÍVEIS que ela fez antes de ir embora.

Pensar nisso tudo está me deixando tão BRAVA que eu seria capaz de morder... PEDRAS ☹!!

Sei que provavelmente eu não deveria dizer isso, porque é meio grosseiro. A MacKenzie me faz lembrar daquelas fraldas descartáveis!! Por quê?

AMBAS SÃO DE PLÁSTICO,
ABSORVEM TUDO O QUE
VEEM PELA FRENTE
E SÃO CHEIAS DE COCÔ!!

6

Eu AINDA não superei todas as coisas malvadas que a MacKenzie fez. Como roubar meu diário, invadir o site da srta. Sabichona, enviar cartas falsas de conselhos aos alunos e espalhar mentiras e boatos maldosos.

E agora ELA está se fazendo de vítima só por causa de um vídeo tolo que alguém mandou com ela tendo um chilique por causa de um inseto no cabelo?! Ah, tá!

De qualquer modo, a MacKenzie acabou com o suposto sofrimento no Westchester Country Day se mudando para um suposto lugar melhor...

Ou seja, a Academia Internacional Colinas de North Hampton!

É um colégio muito luxuoso para filhos de celebridades, políticos, ricaços e realeza. Mas, pensando bem, acho que a MacKenzie combina com a realeza daquela escola.

Porque ela é a maior RAINHA DO DRAMA da história do universo ☹!! . . .

MACKENZIE, A RAINHA DO DRAMA!

Todo mundo está DELIRANDO tanto sobre o novo colégio dela.

De acordo com a MacKenzie, tem um chef francês, um Starbucks, estábulos com cavalos, um spa, um heliponto e uma alameda de lojas de grife para que os alunos possam fazer compras na hora do almoço e depois da aula.

E olha isso! Ela disse que no colégio dela há CAIXAS ELETRÔNICOS em todos os corredores, do lado dos bebedouros que têm água de sete sabores diferentes.

Mas a MacKenzie é uma MENTIROSA tão doentia que eu estava começando a duvidar se aquele colégio FABULOSO existia de verdade. Não teria sido surpresa se ela tivesse inventado tudo só para impressionar todo mundo, quando na verdade ela deve estar tendo aulas em casa.

Então pesquisei o nome do colégio no Google e encontrei o site oficial.

AI, MEU DEUS! Eu NÃO podia acreditar no que meus olhos estavam vendo!...

Chamar a Academia Internacional Colinas de North Hampton de "chique" é pouco!

Aquele lugar é INCRÍVEL!!!

Me lembra muito a escola do Harry Potter, Hogwarts.

Só espero que a MacKenzie finalmente esteja feliz (se é que ela estuda lá mesmo).

Hummm... será que a Colinas de North Hampton daria uma bolsa de estudos integral para uma aluna muito merecedora em troca de serviços de DEDETIZAÇÃO?

BRINCADEIRA ☺!!

Ei, não seria o primeiro colégio a fechar um acordo assim. CERTO?!

De qualquer forma, agora que a MacKenzie foi embora, MINHA vida vai ser PERFEITA ☺!

E SEM DRAMA ☺!

Bom, eu preciso parar de ~~reclamar~~ escrever e seguir em frente.

Vou encontrar a Chloe, a Zoey e o Brandon na CupCakery em vinte minutos, e AINDA preciso colocar meu vestido preferido.

Os cupcakes de lá são de MORRER!!
^ ^ ^ ^ ^
EEEEE!

☺!!

QUARTA-FEIRA, 16H45
NA CUPCAKERY

Foi muito divertido conversar e relaxar com a Chloe, a Zoey e o Brandon na CupCakery.

Mas, dentro da minha cabeça, eu estava fazendo a dancinha feliz do Snoopy enquanto contava os MINUTOS desde que a MacKenzie SAIU da minha vida!...

12.584, 12.585, 12.586, 12.587, 12.588, 12.589...!!

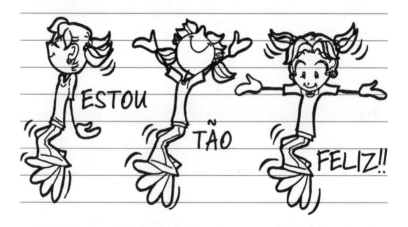

EU, FAZENDO A DANCINHA FELIZ DO SNOOPY!!

O fato de a MacKenzie ter MESMO desaparecido FINALMENTE começou a ser assimilado.

Eu me senti muito ESPERANÇOSA e como se eu tivesse um NOVO futuro pela frente.

Eu estava tão distraída que a princípio não notei Brandon olhando para mim.

Então ele corou e me entregou o cupcake mais lindo com um coração cor-de-rosa em cima.

"Nikki, que bom que estamos saindo juntos de novo. Sei que você passou por muita coisa ultimamente, mas espero que esteja tudo bem", disse ele com timidez enquanto afastava a franja dos olhos.

"Brandon, tudo está PERFEITO!", eu me emocionei.

Então ficamos olhando um para o outro e corando.

E toda essa coisa de ficar encarando, suspirando e corando durou, tipo, uma ETERNIDADE!!...

BRANDON E EU, NOS OLHANDO, SUSPIRANDO E CORANDO ENQUANTO DIVIDÍAMOS UM CUPCAKE!

AI, MEU DEUS, isso foi TÃO romântico!

De repente, comecei a sentir dúzias de borboletas voando no meu estômago.

Isso me fez dar risadinhas e eu fiquei meio zonza. Tudo ao mesmo tempo. Como se eu quisesse... vomitar... COBERTURA DE CUPCAKE NAS CORES DO ARCO-ÍRIS!
^^^^^
EEEEE ☺!!

Enquanto olhávamos nos olhos um do outro, eu pude sentir que algo MA-LU-CO estava prestes a acontecer.

DE NOVO!! Tipo, humm... VOCÊ SABE ☺!!

A Chloe e a Zoey saíram da mesa perto de nós para ir à loja ao lado comprar smoothies de morango. O que significa que o Brandon e eu estávamos sozinhos ☺!

Simples palavras NÃO CONSEGUEM nem chegar perto de descrever o que aconteceu depois....

AI, MEU DEUS!! Eu NÃO podia acreditar que era...

A MACKENZIE HOLLISTER ☹?!!

Sabe-se lá como, ela apareceu do nada.

SIM! O Brandon e eu fomos as vítimas muito azaradas de mais um...

ATAQUE DA BIG MAC ☹!!

A MacKenzie exibia um SORRISO enorme e estava usando o gloss labial Vermelho Vingança. O que, ALIÁS, contrastava com nosso cupcake cor-de-rosa que tinha grudado no cabelo dela e estava escorrendo pela lateral de seu rosto.

Ela tirou um pedação de cupcake amassado dos cabelos lentamente e lambeu a cobertura do dedo.

"Me desculpem!", ela riu. "Foi MAL!"

E então ela sorriu de um jeito malvado e disse a coisa mais ridícula...

MACKENZIE, DEVOLVENDO NOSSO CUPCAKE!

AI, MEU DEUS! Aquele fiasco com o cupcake foi tão nojento que sinto vontade de vomitar DE NOVO ☹!

Foi quando de repente notei que eu estava totalmente ENGANADA em relação à MacKenzie. Ela NÃO desapareceu totalmente da minha vida!! AINDA!! Mas eu estava prestes a "consertar" esse probleminha.

COMO?! Agarrando aquele pescocinho dela e forçando cupcakes goela abaixo até fazer a cobertura sair por seus ouvidos.

A MacKenzie foi CRUEL E GROSSEIRA! Ela não só ACABOU com a minha sobremesa de cupcake, mas INTERROMPEU meu quase SEGUNDO BEIJO com o Brandon ☹!

(Que, diferente do primeiro, NÃO tinha nada a ver com ajudar as crianças carentes do mundo!)

Olhei bem dentro daqueles olhinhos malvados e percebi que ela tinha feito tudo isso só para acabar com meu relacionamento com o Brandon.

"MacKenzie!!!", arfei chocada. "O QUE você está fazendo aqui?!"

"Só passei para dar oi. A gente não se vê faz ANOS! E uau! Você não mudou nadinha, Nikki!"

"Provavelmente porque só faz uma semana, um dia, oito horas, cinquenta e quatro minutos e trinta e nove segundos. Mas quem está contando?", murmurei.

Então eu perdi totalmente o controle e gritei: "MacKenzie, da próxima vez, tente ficar longe por tempo SUFICIENTE para que eu comece a sentir SUA FALTA! Você sabe, tipo uns vinte e sete ANOS!!" Mas eu só disse isso dentro da minha cabeça, então só eu mesma escutei.

Eu não podia acreditar no que aquela garota fez em seguida!

Ela me ignorou totalmente e começou a PAQUERAR o BRANDON na maior cara de pau!!

"E aí, Brandon, quer sair no fim de semana? Vou te contar sobre o Colinas de North Hampton. Você ia adorar aquele lugar. Devia se transferir", disse ela, piscando enquanto enrolava o cabelo no dedo numa tentativa clara de hipnotizá-lo para que ele fizesse o que ela queria...

MACKENZIE, PAQUERANDO O BRANDON NA MAIOR CARA DE PAU!!

"Na verdade, MacKenzie, a Nikki me contou tudo! Desculpa, mas eu NÃO saio com SOCIOPATAS!", o Brandon falou, lançando-lhe um olhar severo.

"Olha, você não devia acreditar em tudo o que sua amiguinha diz, Brandon!", a MacKenzie resmungou. "Principalmente quando ela não está MEDICADA!"

Eu NÃO podia acreditar que aquela garota estava falando MAL de mim bem na minha cara daquele jeito. Ainda mais na frente do meu PAQUERA!!

Então a MacKenzie enrugou o nariz para mim como se estivesse sentindo um cheiro MUITO ruim.

"Nikki, quer uma bala Tic Tac de menta para melhorar o hálito? Todo esse LIXO que você está CUSPINDO a meu respeito está te deixando com BAFO!"

"Não, MacKenzie. Na verdade, VOCÊ precisa BEM MAIS de balas para o hálito do que eu! Você tem falado tanta BESTEIRA e tantas MENTIRAS que SEU hálito fede mais que repolho apodrecendo no lixo sob o sol escaldante do verão!", disparei.

Foi quando a MacKenzie quase grudou no meu rosto como um aparelho ortodôntico.

"Nikki, você é uma FARSA inútil! Você não devia estar estudando no WCD. Ainda bem que não frequento mais aquele lugar."

"Ah, é mesmo? Olha, ainda bem que você FOI EMBORA! E, MacKenzie, VOCÊ é tão FALSA que a Barbie ficaria com INVEJA!! Mas o que eu não entendo é como você consegue ser tão malvada e cruel com as outras pessoas! É insegurança? Desculpa, mas ninguém é perfeito. Nem mesmo você, MacKenzie. Então pode parar de fingir que é."

Por meio segundo, ela pareceu meio surpresa. Acho que devo ter tocado num ponto fraco ou alguma coisa assim.

Ou talvez ela estivesse se perguntando como eu sabia que ela era obcecada por tentar ser perfeita.

"A menos que seu nome seja Google, você precisa parar de agir como se SOUBESSE de tudo, Nikki!

Estou AVISANDO você! Se sair por aí falando da minha vida, vai se arrepender. Eu li seu diário, e conheço TODOS os seus segredinhos. Então NÃO mexa comigo, ou você e as suas amigas patéticas serão expulsas do WCD tão depressa que vão ficar até tontas!!"

"Isso é entre mim e você, MacKenzie! Deixe as minhas amigas fora disso! Arrastar pessoas inocentes para dentro disso NÃO é justo!"

"Não é JUSTO? Sério!? Você sabe como ISSO soa pra mim? NÃO. É. PROBLEMA. MEU!"

Fiquei apenas olhando para ela sem acreditar enquanto ela me encarava com aqueles olhos pequenos e brilhantes. Nossa conversa foi interrompida quando várias alunas entraram na loja de cupcakes.

E olha só!! Elas estavam usando EXATAMENTE o mesmo uniforme da MacKenzie!

Quando ela as viu, seu queixo caiu e ela parecia ter visto um fantasma ou alguma coisa assim!

Claro que isso imediatamente me deixou MUITO desconfiada.

A MacKenzie tem mentido COM TANTA frequência sobre TANTA COISA há TANTO tempo que estou começando a me perguntar se ela estuda mesmo no Colinas de North Hampton.

FINALMENTE! Eu estava prestes a descobrir a VERDADE!

☺!!

QUARTA-FEIRA, 17H10
NA CUPCAKERY

AI, MEU DEUS! A MacKenzie estava agindo de um jeito totalmente ESQUISITO!

Há dois minutos, ela parecia a Dona Tal, cheia de atitude e falando besteira bem na minha cara feito uma ESPINHA.

Mas AGORA ela parecia prestes a ter um colapso nervoso e parecia mais desconfortável do que uma minhoca gorda e escorregadia numa calçada quente.

E eu estava AMANDO cada segundo disso.

Ela limpou freneticamente a cobertura dos cabelos e então falou para mim e para o Brandon: "Bom, preciso ir agora. Tenho uma tonelada de lição de casa para fazer. Até mais!"

Mas, antes que a MacKenzie pudesse se afastar, seus colegas de classe a viram e se aproximaram para conversar.

Rapidamente, ela abriu um sorriso falso...

A MacKenzie olhou com nervosismo para o Brandon e para mim. "Na verdade, eles estavam de saída. Os dois têm uma tonelada de lição de casa para fazer. Então, quem sabe da próxima, está bem?"

Mas, apesar da oposição, as amigas do colégio se apressaram e se apresentaram.

"Tá bom! Então VOCÊ deve ser a Nikki! Sou a Presli. Ai, MEU DEUS! A MacKenzie nos contou tudo sobre a banda superlegal dela, a Na Verdade, Ainda Não Sei, e sobre o contrato para o disco. Foi TÃO gentil da sua parte tê-la substituído como vocalista enquanto ela se recuperava da cirurgia para remoção das amídalas. Bom, nós queremos que a Na Verdade, Ainda Não Sei toque na nossa festa de formatura do nono ano, e a MacKenzie disse que ela pensaria a respeito e nos diria depois!"

"Oi, gente! Eu sou a Sol, e VOCÊ É o Brandon, né?! Você e a MacKenzie são o casal MAIS LINDO de TODOS OS TEMPOS! Não foi à toa que vocês foram coroados Príncipe e Princesa no Baile do Amor. A MacKenzie disse que talvez você mude para o Colinas de North Hampton no ano que vem. Você vai ADORAR!"

"E aí, Nikki? Sou Evan, e sou editor do jornal do colégio. A MacKenzie contou que você a ajudou com a coluna SUPERfamosa de conselhos dela, a da srta. Sabichona. Estou tentando convencê-la a fazer uma coluna de conselhos para o nosso jornal também."

"Sei que vocês dois estão sentindo muita falta da MacKenzie", Presli continuou. "Foi TÃO fofo da parte de vocês decorar o antigo armário dela! Ela mostrou uma foto, e eu achei ADORÁVEL!"

"Sim! Quantos alunos se tornariam voluntários na Amigos Peludos, organizariam uma arrecadação de livros para a biblioteca do colégio, patinariam para arrecadar dinheiro para caridade E criariam uma linha de roupas para animais desabrigados?", a Sol perguntou. "A MacKenzie é um ANJO!"

Foi quando perdi totalmente a cabeça e gritei: "Nossa! A MacKenzie é simplesmente MARAVILHOSA! Aposto que quando ela solta pum sai PURPURINA também!" Mas eu disse isso dentro da minha cabeça, então só eu mesma escutei.

Fiquei TÃO surtada com todas as coisas que aqueles alunos estavam dizendo que quase caí da cadeira.

Foi como se a MacKenzie tivesse ROUBADO minha identidade ou alguma coisa assim.

Pensei seriamente em ligar para a polícia e colocá-la atrás das grades.

Ai, MEU DEUS!

O Brandon e eu ficamos IRADOS!!

Ficamos TÃO bravos que nossa cabeça estava prestes a EXPLODIR!!

Mas a pior parte foi que a MacKenzie ficou ali parada com um sorriso idiota no rosto, assentindo como se cada palavra do que eles diziam fosse VERDADE.

Tipo, QUEM faz ISSO?!!

Ficou bem claro para mim por que ela tentou escapar antes que eles a vissem.

Muito rapidamente ficaria muito complicado com DUAS Nikki Maxwells na sala.

Senti vontade de gritar: "A VERDADEIRA Nikki Maxwell poderia se levantar, POR FAVOR?"

QUAL NIKKI É A VERDADEIRA?!!

Totalmente irritado, o Brandon olhou para a porta e pigarreou.

"Olha, Nikki, está ficando tarde. Acho que é melhor a gente ir. Foi muito bom conhecer todos vocês."

"Sim, foi mesmo. Espero vê-los de novo em breve", falei com doçura enquanto abria um grande sorriso. "SE a MacKenzie deixar a banda dela, a Na Verdade, Ainda Não Sei, tocar na festa de formatura de vocês!"

Então encarei a MacKenzie como se ela fosse um pedaço de chiclete grudado na sola do sapato.

Foi quando ela começou a entrar em pânico.

"Hum, espera, gente! Por favor, fiquem. Eu preciso... humm, explicar algumas coisas, está bem?"

"Na verdade, MacKenzie, já ouvi o suficiente! O Colinas de North Hampton parece um ótimo colégio. Estou muito... humm.... feliz por você", falei.

A MacKenzie piscou surpresa. "Está? Mesmo? Obrigada! Bom, humm... o mínimo que posso fazer é pegar outro cupcake para vocês. Vocês não terminaram de comer o último."

"Obrigada, MacKenzie. Mas não se preocupe com isso", falei.

"Tem certeza? Fiquei sabendo que o de chocolate duplo é muito bom. Mas meu preferido é o veludo vermelho com calda de cream cheese. Ou eu poderia comprar OS DOIS!", a MacKenzie resmungou.

O Brandon e eu apenas balançamos a cabeça.

Já estávamos de saco cheio da maluquice da MacKenzie.

Ela só precisava de música de CIRCO para completar seu número bizarro.

Nós nos apressamos rapidamente em direção à porta enquanto a MacKenzie não parava de ler o cardápio de cupcakes.

Então, do nada, ela gritou: "Ótimo! Foi bom ver vocês. Sinto saudade também. Adoro vocês!"

Certo, ISSO foi totalmente esquisito. Em qual realidade alternativa ELA estava vivendo?

Ou ela estava sofrendo de alguma doença desconhecida, como, humm... um caso precoce... no fim do ensino fundamental... de DEMÊNCIA?

Quando estávamos do lado de fora, a Chloe e a Zoey nos encontraram em frente à loja de cupcake.

"Chloe e Zoey! Vocês NUNCA, nem em um milhão de anos, vão adivinhar quem acabamos de encontrar lá dentro!", exclamei.

Foi quando ouvimos algumas batidas esquisitas.

Nós quatro arfamos e olhamos para a enorme vitrine da CupCakery sem acreditar.

Por fim, a Chloe e a Zoey disseram...

"HUMM... A MACKENZIE??!"

A MacKenzie havia pressionado o rosto contra a vitrine e estava acenando feito doida para nós, como se estivéssemos partindo num cruzeiro ou alguma coisa assim.

É claro que todos acenamos de volta para ela.

Minhas duas melhores amigas encaravam a MacKenzie perplexas.

"Ela está doente ou alguma coisa assim?", a Chloe perguntou.

"POR QUE ela está agindo de um jeito tão... estranho? E... simpático?", a Zoey quis saber.

"Olha, pessoal, fiquem sorrindo para ela e se afastem devagar. Ligo para vocês mais tarde para contar", expliquei.

O Brandon e eu nos despedimos da Chloe e da Zoey e atravessamos a rua em direção a Amigos Peludos.

Pretendíamos ficar ali durante meia hora até minha mãe vir me buscar.

Apesar de eu não aparecer na Amigos Peludos há apenas algumas semanas, parecia que fazia meses.

Na calçada, o Brandon olhou para trás, para a CupCakery.

"Sabe de uma coisa? A MacKenzie lembra muito uma virose! Quando penso que ela desapareceu para sempre, ela volta pior ainda!"

"E eu não sei?!", suspirei.

Ficou claro que a MacKenzie estava aprontando alguma. Eu estremeci só de pensar que podíamos estar sendo peças manipuladas em algum plano dela.

Fiquei me perguntando se aquela doença que o Brandon tinha mencionado era CONTAGIOSA.

Porque eu tinha a péssima sensação de que estava prestes a contrair uma baita VIROSE MACKENZIE também!

☹!!

QUARTA-FEIRA, 17H27
NA AMIGOS PELUDOS

Enquanto caminhávamos pela rua, o Brandon e eu concluímos que a MacKenzie estava sempre fazendo DRAMA só para acabar com nossa amizade. O que, aliás, incluía fofocas de que ele tinha me beijado por causa de uma aposta para ganhar uma pizza. É claro que eu estava LOUCA para perguntar isso a ele.

"Então, humm, é verdade que você ganhou uma... pizza GRÁTIS?"

"Ah, isso?", ele revirou os olhos, envergonhado. "O professor Zimmerman disse que uma empresa de câmeras doou vale-presentes da pizzaria para a nossa equipe de fotografia. Então não teve nada a ver com... humm... você sabe", ele corou. "Você não acreditou nesse boato idiota, né?"

"Claro que não! Não sou TÃO idiota assim! Sempre soube que a MacKenzie estava mentindo! Então não acreditei nesse boato nem por um segundo", menti.

Quando nos aproximamos da calçada da Amigos Peludos, imediatamente notei algo muito esquisito...

BRANDON E EU, ENCONTRANDO UM CÃO ABANDONADO!

Era um lindo, adorável e bem cuidado golden retriever.

O cachorro inclinou a cabeça para o lado com curiosidade e olhou para a gente. Quando nos aproximamos, ele ficou de pé, balançou a cauda e pareceu bem bonzinho.

"Coitadinho", falei. "Quem será que o deixou aqui? E por quê?"

"Não sei. Mas não parece um dos nossos cães."

O Brandon se abaixou para passar a mão na cabeça do animal e procurou uma identificação na coleira.

O cachorro lambeu a mão dele e depois latiu, como se quisesse dar oi.

Foi quando notei o bilhete preso à sua coleira.

Abri e li em voz alta...

> Queridos Amigos Peludos,
>
> Infelizmente, tive que me mudar para um condomínio de idosos, e animais de estimação não são aceitos por lá.
>
> Amo muito a Holly, então, por favor, cuidem bem dela e de seus bichinhos! Sei que vocês encontrarão um lar maravilhoso para ela.
>
> Obrigado pela gentileza!

"Bichinhos? Que bichinhos?", perguntei, confusa.

"Humm. Na caixa está escrito 'Para Holly'. Então pode ser que os brinquedos e as coisas dela estejam aqui dentro. Vamos dar uma olhada", o Brandon disse.

Curiosos, espiamos dentro da caixa...

FICAMOS MUITO CHOCADOS E SURPRESOS COM O QUE ENCONTRAMOS!!

Muitos FILHOTINHOS lindos e serelepes! Tivemos dificuldade para contá-los porque eles não paravam de pular e de se espalhar pela caixa.

Mas pareciam SETE ao todo! E eles eram TOTALMENTE ADORÁVEIS!!...

"Ainda tenho um tempo até minha mãe chegar. Você quer que eu ajude você a levá-los para dentro e a registrá-los?", perguntei.

"Sim, obrigado. Mas, para ser sincero, prefiro pular a... humm... papelada."

"Então COMO as pessoas vão saber que a Holly e os filhotinhos estão disponíveis para adoção?"

"É exatamente isso! No momento, não quero que NINGUÉM saiba que a Amigos Peludos tem mais oito animais sem lar, tudo bem?"

"Mas POR QUÊ?! Não entendi!"

O Brandon fechou os olhos e sussurrou:

"Isso é bem sério, Nikki. Tem CERTEZA de que quer saber? Estou avisando! Se eu contar, pode ser que eu tenha que MATAR VOCÊ!", ele brincou meio sério.

"AI, MEU DEUS! Brandon, aconteceu alguma coisa?"

"Bom, de acordo com o nosso gerente, a Amigos Peludos está no limite da capacidade a semana toda. E vai piorar. Não teremos vaga até domingo de manhã! Ele tem recusado animais novos", o Brandon explicou enquanto uma expressão de frustração tomava conta de seu rosto.

"Bom, podemos conseguir umas gaiolas extras e encontrar um lugar. E o depósito?"

"Nikki, não é tão simples assim. Pelo tamanho do nosso estabelecimento, só podemos manter um número de animais por causa do controle da prefeitura."

"Ah! Eu não sabia disso."

"ODEIO quando isso acontece, porque temos que recusar animais, e nem todos os estabelecimentos da cidade têm a política de não matar animais, como nós. Então sabe o que isso significa?", ele fez uma pausa e balançou a cabeça com tristeza.

Demorei alguns segundos para entender. E então meu coração afundou!

"AH, NÃO!", suspirei. "Se a Amigos Peludos não tem espaço, isso significa que a Holly e os filhotes não podem ficar aqui! Mas e se eles acabarem..."

Fiquei com muito MEDO. Não consegui nem me expressar com palavras.

"...em um da-daqueles OUTROS lugares??", gaguejei. "Brandon, não PODEMOS deixar isso acontecer!! O que a gente pode fazer?!"

"Bom, acho que podemos deixá-los aqui desde que ninguém saiba. Nem mesmo nosso gerente. É uma violação séria que poderia fechar nosso estabelecimento, então eu entendo a preocupação dele. Mas também não posso colocar Holly e os filhotinhos em risco. NUNCA, EM HIPÓTESE ALGUMA, eu me perdoaria se..." Sua voz falhou e ele abraçou a Holly, enterrando o rosto no pelo dela.

Ela olhou para o Brandon com tristeza e choramingou.

Então lambeu o rosto dele como se ele fosse um pirulito humano, até o Brandon finalmente abrir um sorrisão...

BRANDON, O PIRULITO HUMANO 😊!!

Era quase como se ela soubesse a situação séria na qual ela e seus filhotes estavam metidos, mas não quisesse que o Brandon se chateasse com isso.

Os olhos do Brandon começaram a brilhar e a se encher de lágrimas. Ele piscou e as secou depressa.

"Brandon, você está... bem?!"

"Humm, sim. Foi um cisco que caiu no meu olho, acho. Estou... bem", ele murmurou.

Obviamente ele estava MENTINDO! Parecia que o coração do coitado tinha sido arrancado do peito. Senti um nó enorme na garganta e também fiquei com vontade de chorar.

Eu me senti péssima pelo meu amigo e pelos oito cães abandonados por quem ele já estava apaixonado. De repente, eu senti minhas energias renovadas. Sinto muito, mas eu NÃO desistiria sem LUTAR! "Olha, Brandon! Estou com você nisso! Diga o que preciso fazer!"

Brandon inclinou a cabeça e olhou para mim sem acreditar. "Nikki, você está falando SÉRIO?!"

"TÃO SÉRIO quanto um ATAQUE CARDÍACO, cara!"

Ele abriu um sorriso de orelha a orelha. "É, eu também! Acho que SEMPRE posso contar com você, Nikki!"

Então nós dois batemos as mãos no alto para selar o acordo de manter a Holly e os filhotes em segurança até que pudéssemos encontrar uma casa para eles.

"Então espero que você seja boa em guardar segredos", o Brandon disse com um sorriso torto.

De repente ficou claro que a tarefa que nos aguardava seria muito mais difícil do que o Brandon e eu JAMAIS imaginamos...

"Ai, MEU DEUS! VOCÊ ACABOU DE DIZER 'SEGREDOS'?!", alguém gritou superempolgado atrás de nós.

Assustados, o Brandon e eu quase nos pelamos de medo. Eu NÃO podia acreditar que alguém tinha ouvido a nossa conversa muito pessoal e particular. Nós nos ENCOLHEMOS e viramos lentamente. Eu estava REZANDO para que não fosse quem eu pensei que fosse!!

Mas, infelizmente, ERA!!...

A MACKENZIE! DE NOVO 😟?!

Era o segundo ATAQUE DA BIG MAC do dia!

De repente tive a sensação assustadora de que ela estava nos PERSEGUINDO ou alguma coisa assim!

"E então, qual é o GRANDE SEGREDO?!! Podem confiar em mim. Não vou contar a ninguém, prometo! Vocês não estão metidos em nenhum PROBLEMA, estão?", ela perguntou, olhando para nós com desconfiança.

O Brandon e eu trocamos um olhar de preocupação e então olhamos com nervosismo para a MacKenzie.

Era muito óbvio que nós dois estávamos pensando EXATAMENTE a mesma coisa...

AI, DROGA!!
☹!!!
...

QUARTA-FEIRA, 17H35
NA AMIGOS PELUDOS

"MacKenzie, O QUE VOCÊ está fazendo aqui?!", soltei pela SEGUNDA vez no dia.

"Olha, Nikki, a culpa não foi MINHA se aquelas IDIOTAS do meu colégio confundiram todos os fatos a nosso respeito! Mas aquele pequeno acidente FOI culpa minha, por isso eu quero entregar isto pessoalmente", ela disse, abrindo a bolsa de grife e pegando uma caixa de cupcake. Eu não podia acreditar no que meus olhos estavam vendo! A MacKenzie estava mesmo fazendo alguma coisa LEGAL, pra variar?

"Então você SÓ está aqui para entregar um cupcake?", o Brandon perguntou, desconfiado.

"Parem com isso! Não sejam ridículos! Vocês acham que eu vim aqui só para ESPIAR vocês? POR FAVOOOR! Tenho coisas muito mais IMPORTANTES que poderia estar fazendo agora, como tirar o pó da minha coleção INCRÍVEL de sapatos."

"Certo, me deixa tentar entender. VOCÊ comprou outro cupcake para A GENTE?", perguntei, erguendo uma sobrancelha.

A MacKenzie balançou a cabeça e riu com sarcasmo...

HUM, NÃO COMPREI UM CUPCAKE NOVO PARA VOCÊS. VOCÊS SÓ PRECISAM TIRAR O PÓ E UNS FIOS DE CABELO DO CUPCAKE VELHO E ELE VAI FICAR COMO NOVO! NHAM!

"AI, MEU DEUS! MacKenzie, você NÃO DEVIA ter feito isso!!", resmunguei.

Eu não sabia o que era mais NOJENTO. Aquele cupcake horroroso, ou o fato de eu ter quase vomitado.

"Não precisa agradecer!", a MacKenzie sorriu.

"Não, estou falando sério! Você NÃO devia ter feito isso! ECA! O que é essa coisa verde grudenta?", perguntei.

"Vai saber!", a MacKenzie deu de ombros. "A garçonete da CupCakery limpou a mesa e jogou o cupcake no lixo. Mas eu o resgatei e o trouxe pra cá porque queria que os pombinhos ficassem com ele!"

ECAA! Foi aí que eu quase vomitei de novo.

Brandon e eu apenas reviramos os olhos. Ficou bem claro que a MacKenzie tinha algum truque na manga e estava brincando com a gente.

"O que foi? Vocês dois não parecem muito felizes", ela zombou.

"E por que estaríamos?", disparei de volta. "Você está praticamente PERSEGUINDO a gente!"

"Bom, srta. Espertinha, talvez eu quisesse fazer o caminho mais bonito para ir para casa hoje!"

Estreitei os olhos para ela. "MacKenzie, você ESTAVA nos espionando! Admita!!"

"Cala a boca, Nikki! Tenho uma explicação muito boa! Eu estava só, humm...", ela hesitou.

Preciso admitir, a MacKenzie parecia uma idiota ali pensando e fazendo caras esquisitas como se estivesse sofrendo de uma séria dor de barriga.

Revirei os olhos. "Bom, estamos ESPERANDO!..."

"Na verdade... Eu estava, humm... TÁ BOM!" Ela apoiou as mãos no quadril e arregalou os olhos. "E daí se eu estivesse ESPIONANDO? Parem de fingir que são PERFEITOS! Seus... malucos, criminosos... QUE INFRINGEM AS LEIS de abrigos de animais! Esses vira-latas, humm, quer dizer... esses POBRES CACHORROS estão no maior... PERIGO! Ainda bem que cheguei a tempo de... SALVÁ-LOS!"

O Brandon e eu congelamos e arfamos...

"Você nos OUVIU!", falei, tentando não entrar em pânico.

"Cada. Sombrio. E sorrateiro. DETALHE! Só espero que seu segredinho não vaze para a equipe de investigação do Canal 6", a MacKenzie resmungou. "Se isso acontecer, a Amigos Peludos vai perder a licença e vai ser fechada! E cada um dos VIRA-LATAS infestados de pulga ficará na rua. Provavelmente sendo ATROPELADOS! Ou pior! Tudo porque VOCÊS se recusaram a seguir as regras!"

Parecia que o Brandon tinha acabado de levar um tapa da MacKenzie. Ele ficou olhando para os próprios pés.

As palavras duras e as acusações dela obviamente tinham acabado com o fôlego (e com as boas intenções) dele.

"Brandon, eu esperava MUITO MAIS de você! Pensei que você tivesse integridade!", a MacKenzie o repreendeu enquanto ele mantinha a cabeça baixa, envergonhado.

"QUAL é o seu problema, MacKenzie?", gritei com raiva. "Você se transferiu para o colégio dos seus sonhos e tem tudo o que sempre quis. Por que você AINDA ASSIM tem que DESTRUIR tudo o que respira?"

"Ah, eu não sei!" Ela deu um sorrisinho enquanto pegava o celular. "Acho que é difícil parar com hábitos ruins!"

Desesperada, tentei argumentar com ela.

"MacKenzie, você não percebe que a vida desses animais inocentes está em jogo? Nem todo abrigo desta cidade é seguro!", expliquei, tentando afastar as lágrimas.

A Holly deve ter percebido que eu estava chateada ou algo assim, porque mostrou os dentes de repente, rosnou e pulou na direção da MacKenzie.

O Brandon segurou a coleira dela bem a tempo. "Calma, menina! Acalme-se! Está tudo bem!"

Assustada, a MacKenzie se afastou da Holly com cuidado. "Esse cachorro acabou de tentar ME ATACAR! Mantenha essa coisa longe de mim ou vou ligar para o controle de zoonoses! Essa fera selvagem é... PERIGOSA!"

AI, MEU DEUS! Fiquei TÃO brava, queria estapear aquela garota até amanhã...

"Você diz isso como se fosse uma coisa RUIM!", ela resmungou enquanto digitava um número em seu celular.

Então a MacKenzie fez o inimaginável.

Foi como se ela tivesse chegado a um nível ainda mais baixo e ainda começasse a CAVAR.

"Alô? É da linha direta do Canal 6? Acabei de descobrir uma falcatrua num abrigo de animais da região. Acho que eles estão ABUSANDO dos animais! Sim, eu espero."

O Brandon pareceu arrasado e totalmente derrotado.

Ele apenas sentou no degrau, parecendo um zumbi e acariciando a Holly sem dizer nada.

Graças à MacKenzie, o Brandon corria o risco de perder DUAS coisas que ele ADORAVA...

A Amigos Peludos e a Holly e seus filhotes.

Seu grande SONHO de ajudar os animais e mantê-los em segurança estava logo se transformando em seu
PIOR PESADELO.

E não havia nada que pudéssemos fazer a respeito!!

☹!!

QUARTA-FEIRA, 17H48
NA AMIGOS PELUDOS

Chamar aquele FIASCO de pesadelo era pouco ☹!!

A MacKenzie estava esperando pacientemente para denunciar a Amigos Peludos para conseguir fechá-la.

Eu tinha que fazer ALGUMA COISA! Mas o quê?!

Finalmente, tive quatro ideias. Infelizmente, cada uma delas tinha um PONTO NEGATIVO...

1. O ATAQUE AO TELEFONE. Eu podia pegar o celular da MacKenzie e jogá-lo no esgoto perto do bueiro. Assim ela não teria um telefone com o qual nos denunciar.

Mas eu poderia acabar na CADEIA por destruição de patrimônio alheio. E, pior ainda, talvez eu tivesse que lhe dar OUTRO telefone chique, o qual eu teria que pagar com o dinheiro que recebo semanalmente durante trinta anos, nove meses e duas semanas ☹!

2. O ATAQUE À DIVA: aparentemente, a Holly não gosta da MacKenzie. Eu poderia interromper o telefonema dela E colocar a Holly para se exercitar, deixando a cachorra correr atrás de uma MacKenzie aos gritos e histérica até sua casa.

Mas isso provavelmente seria CRUELDADE com o ANIMAL. E seria um pouco cruel com a Holly também!

3. O ATAQUE COM O CUPCAKE NOJENTO. Eu poderia pegar aquele cupcake nojento e enfiá-lo goela abaixo da MacKenzie. Assim ela NÃO CONSEGUIRIA falar a respeito da Amigos Peludos (nem sobre mais nada, na verdade).

Mas isso faria SUJEIRA! E provavelmente resultaria em uma ida ao pronto-socorro para que os médicos fizessem uma cirurgia para retirar o cupcake e meu braço da garganta dela.

4. ENTRAR PARA O CIRCO. Eu poderia convencer o Brandon a fugir comigo e com os cães para o circo. Assim passaríamos o resto da vida em um show de palhaços com fantasias SUPERfofas...

BRANDON, OS CÃES E EU NO CIRCO!!

Mas então nesse caso sentiríamos falta da nossa família e dos amigos. Eu também ouvi falar que eles FEDEM MUITO nos dias quentes de verão!

E eu me refiro aos CIRCOS, não à nossa família e aos nossos amigos.

Depois de pensar bem, parece que a ideia do cupcake era a MELHOR, de modo geral.

SÓ QUE NÃO ☹!!

A situação era PÉSSIMA!

Minha mãe apareceria para me buscar a qualquer minuto, e eu teria que dizer adeus a Holly e aos cachorrinhos PARA SEMPRE!!

Suspirei com tristeza e tentei afastar as lágrimas.

Pensei muito em fazer o ataque com o cupcake quando tive uma ideia MUITO BOA!

Sim, seria difícil, mas era nossa única esperança!

"Bom, Brandon, graças à MacKenzie, parece que a Amigos Peludos vai ser fechada em breve", eu disse em voz alta para a MacKenzie ouvir.

A MacKenzie, que AINDA estava esperando na linha, me lançou um olhar muito irônico.

AI, MEU DEUS! Eu queria tanto ARRANCAR aquele SORRISINHO do rosto dela. Mas, em vez disso, continuei:

"De qualquer modo, depois de lidar com todo esse drama, fiquei com muita fome. Então acho que vou voltar para a CupCakery para experimentar alguns daqueles cupcakes deliciosos que a MacKenzie recomendou."

Claro que o Brandon me olhou como se eu fosse louca.

"Nikki! COMO você pode estar pensando em CUPCAKES em um momento como esse?!", ele perguntou.

"Hum... porque estou COM FOME! De qualquer modo, enquanto eu estiver lá, vou conversar com as novas amigas da MacKenzie, do Colinas de North Hampton. Elas pareceram TÃO simpáticas! E estou ansiosa para ouvir ainda mais MENTIRAS incríveis que a MacKenzie contou para elas. Mas ALGUÉM precisa trazê-las para a realidade e dizer a VERDADE! Quer ir comigo, Brandon? Vai ser DIVERTIDO!"

Ele finalmente se deu conta e abriu um sorriso para mim.

"Claro, Nikki! Mas vamos entrar com os cães primeiro. Pensando bem, eu seria capaz de MATAR por um cupcake Doce Vingança do Diabo!"

A MacKenzie abaixou o telefone e olhou para nós COM NERVOSISMO, toda malvada.

"Não OUSEM falar mal de mim para as minhas novas amigas. Melhor ainda, EU VOU com vocês!!"

"NÃO! Você precisa FICAR bem aqui para salvar a vida desses POBRES cachorros!", falei com sarcasmo.

"Você acha que eu me importo com esses vira-latas?!"

A MacKenzie encerrou o telefonema furiosa e enfiou o celular dentro da bolsa de novo.

Então ela estreitou os olhos e nos repreendeu. "Olha! É melhor vocês dois ficarem longe dos meus amigos, ou vou fazer com que vocês nunca mais vejam essas bolas de pelos infestadas de pulgas."

"Ah, é mesmo? Isso é uma AMEAÇA?", zombei.

"NÃO! É uma PROMESSA!!", ela resmungou.

Então ela se virou e saiu rebolando pela rua rumo à CupCakery.

Eu simplesmente ODEIO quando essa garota rebola!!

Enquanto o Brandon e eu a observávamos se afastar, suspiramos aliviados.

Ainda bem que os cães estavam salvos!

Pelo menos por enquanto.

O Brandon afastou a franja dos olhos e ficou me encarando pelo que pareceu, tipo, uma ETERNIDADE.

"O QUE FOI?!!?", perguntei na defensiva.

Lentamente, um sorriso se espalhou pelo seu rosto, de orelha a orelha.

"Como você conseguiu calar a MacKenzie desse jeito?!", ele perguntou. "Eu já tinha perdido a esperança. Eu GOSTEI MUITO do que você acabou de fazer."

Olhei dentro daqueles olhos castanhos e pude ver que ele estava sendo sincero.

Uma onda de emoção me invadiu, e eu senti um grande nó na garganta. Mas, mais do que qualquer coisa, eu me senti muito boa por apoiar o Brandon e estar ao lado dele quando ele precisou de mim.

Então dei de ombros de um jeito nervoso e comecei a tagarelar como se tivesse enlouquecido. "Obrigada,

Brandon! Mas VOCÊ é um salva-vidas! E, depois que encontrarmos um lar para esses cães, você será um HERÓI! Você também é uma boa pessoa, um bom amigo e... hum, aposto que quando você solta pum sai purpurina também!"

SIM! Eu disse ISSO mesmo ao Brandon!!

Sabe-se lá como, isso meio que escapou da minha boca. Fiquei TÃO envergonhada.

O Brandon e eu demos muita risada da minha piadinha boba!

"Vamos lá, Nikki! Vamos colocar os cães para dentro. Aposto que eles estão famintos", o Brandon disse alegremente ao pegar a caixa com os filhotes.

E ele tinha razão! A Holly devorou a comida e então pacientemente amamentou seus filhotes famintos.

Então os cãezinhos ficaram brincando na caixa como se ali fosse uma piscina de bolinhas para bebês...

BRANDON E EU, ALIMENTANDO
A HOLLY E SEUS FILHOTES!

Apesar de termos evitado um desastre, o Brandon e eu AINDA precisávamos de um plano.

Não tínhamos ideia de quando a VIROSE MACKENZIE nos atacaria outra vez!

E, infelizmente, não havia VACINA!!

A MacKenzie é uma COBRA venenosa e calculista, então eu sabia que seria arriscado demais deixar os cães na Amigos Peludos pelo resto da semana.

Foi quando eu tive outra ideia BRILHANTE.

"Escuta, Brandon! Por que a gente não reveza tomando conta dos cãezinhos em CASA até a Amigos Peludos liberar espaço no domingo?"

"Não sei, Nikki. Um único cachorro é uma responsabilidade ENORME. Cuidar de oito seria CANSATIVO!"

"Sim, mas são UMA cachorra e sete filhotinhos. E, como a mãe os alimenta, não precisamos fazer muita coisa. Vamos lá, Brandon!"

Depois de pensar por alguns minutos, ele finalmente concordou. "Certo, Nikki! Vou ficar com o primeiro dia já que eles estão aqui. Mas vamos precisar encontrar mais voluntários."

Eu sabia que a MINHA mãe certamente diria SIM, que EU poderia ficar com os cães por um dia! Algumas semanas antes, ela tinha deixado a pirralha da minha irmã, a Brianna, ficar com o peixinho Rover (um animal de estimação da escola) em casa durante um fim de semana INTEIRO!

"Tenho certeza de que posso ficar com os cães durante um dia também!", falei animada. "Então agora só precisaremos de mais DUAS pessoas!"

"Ótimo!", o Brandon sorriu. "Por que você não pergunta para a Chloe e para a Zoey, e eu falo com os meninos? Acho que esse plano pode dar certo!"

De qualquer modo, estou SUPERempolgada porque eu sempre quis um cachorro! Eu ia adorar e abraçar, beijar e apertar e NUNCA, NUNCA MAIS soltar!! ÊÊÊÊÊ ☺!!

E AGORA vou aproveitar a chance para cuidar da Holly e dos seus sete cãezinhos fofinhos, lindinhos, adoráveis durante um dia INTEIRO!!!

Ei, isso não pode ser tão difícil assim!

☺!!!

QUARTA-FEIRA, 20H10
NO MEU QUARTO

Certo, tenho BOAS e MÁS notícias!
Primeiro, as BOAS.

Quando contei para a Chloe e para a Zoey que o Brandon e eu tínhamos encontrado a Holly e os filhotinhos abandonados na frente da Amigos Peludos, elas ficaram muito SUPERanimadas para ajudar.

Então este é o nosso plano: o Brandon vai ficar com os cães hoje, eu vou ficar amanhã à noite, a Chloe vai pegá-los na sexta à noite, e a Zoey, no sábado à noite.

E aí, na manhã de domingo, vamos devolver os cães a Amigos Peludos para que possam ser mandados para lares cheios de amor.

Como a família do Theodore Swagmire é dona da rede de pizzarias Queijinho Derretido, ele ofereceu uma van de entrega de pizza e o motorista para levar os cães para onde precisarem ir.

Tudo bem, agora as NOTÍCIAS RUINS ☹!!

Tudo estava indo conforme o planejado até eu me deparar com uma ENORME, FEIA E INESPERADA COMPLICAÇÃO ☹!

Depois do jantar, eu estava ajudando minha mãe a colocar os pratos na lava-louça. Era o momento perfeito para falar, assim como quem não quer nada, da situação da cachorra.

Eu disse a ela que, devido a uma emergência familiar, um grande amigo precisava de uma babá para sua cachorra, Holly (bom, era meio verdade).

Então, eu ~~pedi~~ IMPLOREI para ela POR FAVOR me deixar ficar com a cachorra por uma noite, na quinta-feira.

Claro que, convenientemente, deixei de contar que a cachorra tinha sete filhotinhos serelepes. Não queria que minha mãe ENLOUQUECESSE por causa desse detalhe sem importância!

Mas, depois de falar com ela, EU surtei TOTALMENTE...

EU E A MAMÃE, BATENDO UM PAPINHO!

Sua desculpa ESFARRAPADA dizendo que era um "momento ruim" não fazia O MENOR SENTIDO!!

O que importa se a cachorra causar um acidente no carpete amanhã ou daqui a DOIS MESES?!

De qualquer modo, é só limpar! DÃ!!

Desculpa, mãe, mas, se você deixou a Brianna ficar com um animal de estimação aqui por uma noite, por que eu não posso?!!

NÃO é justo!

Principalmente porque sou MAIS VELHA, mais MADURA e dez vezes MAIS RESPONSÁVEL do que a Brianna.

Qual é?! Ela acidentalmente matou o pobre Rover quando decidiu dar um banho de espuma nele, lembra?!!

Tipo, QUEM faz isso?!!

Mãe, se VOCÊ fosse um ANIMAL, qual dessas duas pessoas você escolheria para ser SUA babá?!...

POR FAVOR, ESCOLHA A BABÁ PERFEITA!!

Foi o que pensei!! Lavo as minhas MÃOS!!

Mãe, não QUERO receber a Holly "talvez daqui a alguns meses"!

Quero recebê-la AGORA!!

Quem sabe?! Posso estar MORTA em alguns meses!!

E então você estará no meu funeral CHORANDO SEM PARAR e dizendo que NUNCA, NUNCA vai se perdoar por NÃO ter me deixado ficar com o animal de estimação durante a noite, ainda mais depois de ter deixado a Brianna fazer a mesma coisa, e ela é muito mais nova do que eu.

Então, obrigada, mãe, por DESTRUIR completamente a minha vida, colocando em risco oito cães inocentes e por me deixar com a AUTOESTIMA BAIXA, o que provavelmente vai exigir ANOS de terapia intensiva.

Porque claramente você AMA a Brianna muito mais do que a mim ☹!!

Preciso enviar uma mensagem de texto ao Brandon para contar a péssima notícia de que minha mãe não vai me deixar ficar com os cães.

Ele vai ficar muito decepcionado. Eu me sinto péssima por tê-lo desapontado desse jeito.

Mas no momento estou chateada demais.

Pretendo passar o resto da noite sentada na cama de pijama, ENCARANDO a parede, E RESMUNGANDO.

☹!!!

QUARTA-FEIRA, 23H51
NO MEU QUARTO

AAAAAAAAAAAAAAAAHH!!!!!
(Essa sou eu gritando de FRUSTRAÇÃO!!)

Tenho um projeto enorme para entregar amanhã na aula de biologia. E vale um terço da nota. As coisas andam tão MA-LU-CAS desde a semana passada e eu me esqueci TOTALMENTE dele!

A ÚLTIMA coisa que eu queria era procrastinar e fazer tudo correndo um dia antes, como fiz com o relatório do livro *Moby Dick* em dezembro.

Eu fiz um vídeo muito bobo com a Brianna como a baleia, no qual ela dizia "RAAARRR!!", então fiquei surpresa e chocada quando tirei um DEZ ☺!!

Aí decidi continuar resmungando mais tarde porque precisava começar meu projeto de biologia. Só que eu não tinha a menor ideia do que faria.

Então minha mãe gritou: "Nikki! Não se esqueça de tirar as roupas da secadora, dobrá-las e guardá-las ANTES de dormir!"...

EU, TIRANDO A ROUPA DA SECADORA

Na secadora havia quatro conjuntos de roupa de baixo do meu pai, que ele usa sob a roupa em dias mais frios.

Na verdade, elas se parecem muito com aqueles pijamas de corpo inteiro que as crianças pequenas usam.

Eu estava prestes a dobrar a última delas quando de repente tive a ideia mais brilhante de todas!

Como meu pai ainda tinha mais três conjuntos, decidi que ele provavelmente não se importaria se eu pegasse um para o meu projeto de biologia.

Além disso, ele está sempre batendo na mesma tecla, de que é importante eu ter boas notas para poder conseguir uma bolsa de estudos numa universidade importante. E a roupa de baixo dele teoricamente me ajudaria a conseguir uma boa nota. CERTO??

Então confisquei o conjunto, peguei minha tinta e canetas, abri o livro de biologia e comecei a trabalhar na mesa da cozinha!...

EU, TRABALHANDO CONCENTRADA
~~NA ROUPA DE BAIXO DO MEU PAI~~
NO PROJETO DE BIOLOGIA!

Finalmente terminei meu projeto, um pouco antes da meia-noite, e achei que ficou bem legal.

Principalmente levando em conta o fato de que ELE foi baseado numa ideia maluca que tive enquanto dobrava as roupas da secadora. Só espero que minha professora me dê uma nota boa.

De qualquer modo, agora que meu projeto de biologia está resolvido, posso terminar de RESMUNGAR ☹!!

Não acredito que a mulher que me deu à luz deixou a Brianna cuidar de um animalzinho por uma noite, mas está se RECUSANDO a ME deixar fazer EXATAMENTE A MESMA COISA ☹!

A vida é TÃO injusta!!

Acho que vou dar a notícia ruim ao Brandon amanhã.

Só espero que a gente consiga encontrar outra pessoa para me substituir.

☹!!

QUINTA-FEIRA, 1º DE MAIO – 14H05
NO BANHEIRO DAS MENINAS

Eu estava com muito medo de ter que contar ao Brandon que não poderia ficar com os cães.

Não ajudou muito o fato de ele estar me esperando alegremente no meu armário. Então ele começou a falar sem parar de como os cachorros estavam ótimos!

Quando finalmente tomei coragem de dar a notícia, eu o interrompi e disse: "Olha, Brandon, tem uma coisa muito importante que eu preciso te contar".

Mas ele disse: "Sério? Porque tem uma coisa muito importante que EU preciso TE contar!"

Ele começou a falar que se sentia muito grato e sortudo por ter uma amiga como eu!!

O que DIFICULTOU ainda mais as coisas para mim.

Então ele disse: "Então vou deixar os cães na sua casa logo depois do colégio hoje, tá bom?"

Mas, antes que eu pudesse responder e dizer "Na verdade, Brandon, você NÃO PODE deixar os cães na minha casa!! É o que estou tentando dizer há dez minutos", ele disse: "Até mais, Nikki! Vejo você na aula de biologia!", e desapareceu pelo corredor lotado.

A coisa toda foi TÃO FRUSTRANTE ☹!!

Então agora eu teria que tentar explicar tudo para ele quando o visse na aula de biologia.

Só que, antes da aula, eu entrei no banheiro das meninas e fiquei na frente do espelho, ensaiando como dar a má notícia ao Brandon.

Mas eu ensaiei por tempo demais e acabei me atrasando quatro minutos para a aula, o que acabou me fazendo perder a chance de dar a notícia ruim para ele DE NOVO!

Eu SABIA que minha professora ficaria SUPERirritada comigo por entregar o projeto atrasada e talvez até descontasse alguns pontos.

Mas a coisa mais estranha de todas aconteceu...

Minha professora acabou AMANDO o meu projeto!

Ela disse que não só era criativo, mas muito realista.

Na verdade, ela ficou TÃO impressionada que chamou um voluntário para VESTIR a roupa enquanto dava a aula do dia sobre corpo humano.

Então ela esperou pacientemente que um aluno ou aluna levantasse a mão.

Mas eu já sabia que ela estava perdendo tempo.

Quem seria BOBO o suficiente para usar a roupa de baixo do meu pai com a ANATOMIA HUMANA pintada nele diante da sala toda?!

Bom, tudo bem!

Vou refazer a pergunta...

QUEM, além de MIM, seria BOBO a esse ponto?!...

A maioria dos alunos deve ter achado a aula hilária, porque eles riram o tempo todo em que fiquei ali na frente.

AI, MEU DEUS! Fiquei TÃO envergonhada.

Eu parecia uma... ESQUISITA que havia se metido num... acidente horroroso e que, de algum modo, tinha sido... virada do avesso.

De qualquer modo, quando a aula terminou, minha professora me agradeceu por criar um projeto tão lindo e por dividi-lo com meus colegas de sala.

Então ela sugeriu que eu o expusesse na feira de ciências da cidade que nosso colégio promoveria amanhã depois da aula.

Tipo, POR QUE eu ia querer me HUMILHAR diante da cidade INTEIRA?!

Foi quando perdi completamente a estribeira e gritei: "DESCULPA, professora Kincaid! Mas não posso falar sobre a feira de ciências agora. Preciso correr lá para fora, abrir um buraco bem fundo, me enfiar nele e MORRER!!"

Claro, eu só disse isso na minha cabeça, então só eu mesma escutei.

Neste instante, eu estou escondida no banheiro das meninas escrevendo tudo isso.

Infelizmente, é bem provável que eu NUNCA consiga cuidar da roupa lavada de novo. POR QUÊ?

Porque sou ALÉRGICA a ROUPAS DE BAIXO COMPRIDAS!!

De qualquer modo, não consegui falar com o Brandon.

Então decidi NÃO contar a ele!

Em vez disso, vou ficar com os cães como planejado.

Vou ESCONDÊ-LOS no meu quarto o tempo todo para que minha mãe e meu pai nunca nem ao menos saibam que eles estão na casa.

Tenho certeza de que os cães ficarão em sua jaula, comendo e dormindo o dia todo.

E, como a cachorra está ali cuidando dos filhotes, isso significa que terei MENOS trabalho!

Além disso, só vão ficar ESCONDIDOS no meu quarto por vinte e quatro horas!

Ei, não pode ser tão difícil, né?!

☺!!

QUINTA-FEIRA, 17H20
EM CASA

Pensei que o dia no colégio não terminaria NUNCA! Eu estava LOUCA para ir para casa para preparar tudo para a Holly e seus filhotes.

Primeiro, limpei meu quarto (a última coisa que eu queria era que um dos cães comesse aquela fatia de pizza mofada de dez dias atrás que estava embaixo da minha cama). Então eu montei proteção a prova de filhotes (no meu quarto, não na pizza).

E, para o caso de a Brianna decidir ESPIAR quando chegasse em casa, abri espaço suficiente dentro do meu armário para esconder a jaula dos cães.

Quando o Brandon finalmente entregou os cachorros, eu os levei para cima, para o meu quarto.

AI, MEU DEUS! Eles eram tão FOFOS que eu quase... me transformei... numa poça... doce e grudenta de... humm, amor!

Quando a Chloe e a Zoey foram me visitar, elas se apaixonaram pelos cães na mesma hora também...

A CHLOE E A ZOEY CONHECENDO OS CACHORROS!

A Holly e um dos cachorrinhos dorminhocos estavam tirando um cochilo, enquanto os outros seis corriam pelo quarto, aprontando todas.

O menor deles se aconchegou com o ursinho de pelúcia de Brianna, um deles mordeu uma meia, e outro estava brincando de esconde-esconde embaixo da minha cama.

Eles eram TÃO lindos ☺!!

Eu disse a Chloe e a Zoey que minha única preocupação era ter que deixar os cães sozinhos no meu quarto por períodos longos, como durante as refeições.

Foi quando a Chloe disse que já tinha pensado nesse problema e que tinha a solução PERFEITA. Ela enfiou a mão na mochila e tirou dali o que pareciam ser dois celulares antigos.

Então, ela disse...

A mãe dela tinha usado o aparelho com o irmãozinho da Chloe quando ele era bebê.

A Chloe explicou que eu tinha que deixar um dos aparelhos no meu quarto com os cães e levar o receptor comigo.

Assim eu conseguiria ouvi-los caso estivessem aprontando no meu quarto. Tipo, não é DEMAIS ☺?!!

Essa babá eletrônica foi uma ideia brilhante e FACILITARIA MUITO o cuidado com os cães.

"Até você decidir usá-la, acho que precisamos escondê-la em algum lugar", a Chloe disse, olhando ao redor. Ela pegou minha mochila da cadeira e colocou a babá eletrônica dentro dela. "Perfeito!"

"Obrigada, Chloe! Se eu conseguisse ficar livre dos meus pais a noite toda... Tenho medo de que eles ouçam os cães fazendo barulho!"

Foi quando a Zoey disse que já tinha pensado nesse problema e chegado a uma solução PERFEITA.

Ela enfiou a mão na bolsa. "Olha, Nikki! DOIS INGRESSOS PARA O CINEMA!", ela exclamou.

"Obrigada, Zoey! Mas como faço para levar oito cães para o CINEMA?!", perguntei, confusa.

"Não são para você, bobinha! São para os seus PAIS! Comprei os ingressos para a continuação daquele superfilme de ficção científica! Dura três horas e meia! Mais o tempo de ir e voltar, seus pais ficarão fora E longe do seu pé durante a maior parte da noite!"

Dei um grande ABRAÇO na Chloe e na Zoey! Elas são as MELHORES AMIGAS DO MUNDO!!

Graças a elas, eu seria a BABÁ DE CACHORROS PERFEITA!!

☺!!

QUINTA-FEIRA, 18H30
EM CASA

No começo, pensei em não contar nada sobre os cachorros para a Brianna.

Principalmente porque ela tem o péssimo hábito de FALAR tudo para nossos pais.

Mas eu não tinha como esconder oito cães dos meus pais sem uma ajudinha.

Eu não tinha escolha a não ser confiar nela.

Quer saber a ÚNICA coisa mais cansativa do que cuidar da Brianna?

Cuidar de SETE miniBriannas com orelhas maiores e mais pelos nas costas.

Então não me surpreendeu quando eles se apaixonaram totalmente à primeira vista...

Não me dei conta de quanto ela e os filhotes tinham em comum:

1. Eles são muito barulhentos e têm um cheiro esquisito.

2. São inquietos, bagunceiros e gostam de me seguir para todos os lados.

3. Precisam aprender a usar o vaso.

E

4. Saem impunes de quase qualquer coisa porque são TÃO absurdamente FOFOS!!

Eles são como irmãos e irmãs de outra mãe!

No entanto, o lado ruim é que agora a Brianna está me perturbando sem parar porque quer "brincar com os cachorrinhos".

Eu estava na cozinha fazendo minha tarefa de geometria quando ela entrou.

"Nikki! Posso tirar os cachorrinhos da jaulinha deles para brincar um pouquinho?
POR FAVOR! POR FAVOR! POR FAVOR! POR FAVOR! POR FAVOR!"

"Só quando eu terminar minha tarefa, Brianna. Se você soltar os filhotes, precisa ficar de olho neles. Caso contrário, eles vão criar problemas."

A Brianna pensou no que eu disse e deu um tapinha no queixo, pensativa. "Problemas? Tipo, que tipo de problema?!", perguntou.

"Brianna, se você soltar os filhotes agora, eles vão criar TODOS OS TIPOS de problemas. Tá bom?"

"Você quer dizer rasgar as almofadas, cavar a planta da mamãe e fazer cocô na poltrona do papai?", ela perguntou casualmente e piscou toda inocente.

Eu me virei e olhei para a minha irmãzinha sem acreditar.

"Brianna! Não me diga que você tirou os filhotes da caixa!", gritei ao fechar o livro.

Eu NÃO CONSEGUIRIA terminar minha lição de casa enquanto estivesse sendo babá de ~~oito~~ NOVE animais desobedientes.

"Tá bom! Se você NÃO quer que eu diga que soltei os filhotes, eu NÃO VOU DIZER! Posso pegar um biscoito?", a Brianna satirizou.

AI, MEU DEUS! Fiquei TÃO brava com ela que senti vontade de descontar toda a minha frustração gritando com a cara na almofada.

Mas não pude, porque os filhotes estavam ocupados rasgando todas elas.

Havia algodão espalhado para todos os lados.

Parecia que uma nevasca tinha invadido a sala de estar.

Foi quando a Brianna apontou e disse...

"QUE MARAVILHA!", suspirei. "Certo, Brianna! É a sua chance. Você pode cuidar dos cães enquanto dou um jeito nessa bagunça. Se a mamãe e o papai virem isso, ESTOU FRITA!"

"Obrigada, Nikki!", a Brianna gritou. "Serei a melhor babá de cachorrinhos DO MUNDO! Pratiquei muito cuidando do peixinho Rover algumas semanas atrás, lembra?"

Como eu poderia me esquecer?

"Por favor, não me faça lembrar disso!", exclamei. "Leve os cães para o meu quarto para que não se metam em encrencas. E não esqueça os petiscos. Você vai precisar deles!", falei, entregando a ela uma caixa de donuts para cães.

A Brianna enfiou um deles na boca e mastigou. "HUMMM! É de bacon com queijo! ADORO essas coisas!"

"Não são para você, tonta! Se você der um petisco aos cães, eles vão te acompanhar em todos os lugares."

"Ah! Eu sabia!", a Brianna sorriu com timidez. "Quem quer um petisco de cão?", ela perguntou, balançando um.

Os cães logo pararam de rasgar as almofadas e subiram as escadas correndo atrás da Brianna e do petisco.

Tenho que admitir, foi muito bom ter um "tempinho para mim" longe da Brianna e dos cachorros.

Encher as almofadas freneticamente e depois costurá-las enquanto meus dedos sangravam com as agulhadas foi muito MAIS FÁCIL do que tentar distrair oito cães bagunceiros e uma irmã pirralha.

Mas, quarenta e cinco minutos depois, quando tudo estava terminando, fui tomada pela paranoia.

No começo, pensei que estivesse tonta por causa da perda de sangue.

Mas não consegui definir exatamente o que era.

Provavelmente porque eu estava abalada por ter me furado tantas vezes com a agulha.

Alguma coisa estava...

ERRADA!

Finalmente, entendi.

"Está um silêncio MUITO silencioso!", eu disse a mim mesma. "A Brianna está aprontando alguma!"

E subi correndo a escada.

"Brianna, o que você está fazendo com os cachorros?!", gritei enquanto subia. Mas ela não respondeu. "É melhor você responder, senão..."

No alto da escada, encontrei um cartaz escrito de qualquer modo com giz vermelho.

Era a letra da Brianna!!...

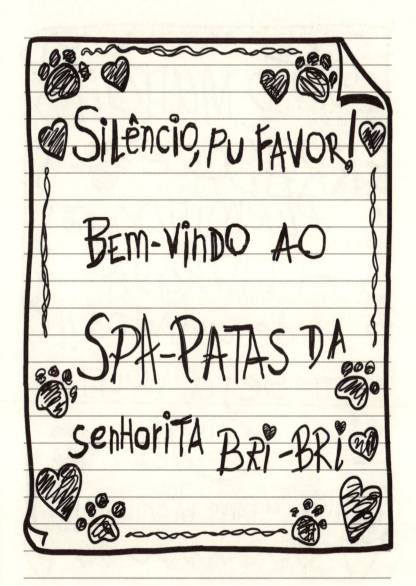

Havia outro cartaz mais adiante no corredor que dizia...

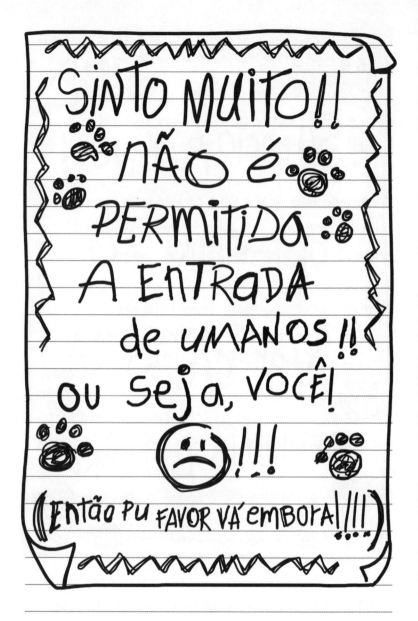

Claro que decidi ignorar totalmente seus cartazes MUITO GROSSEIROS e nada profissionais.

Pensei em denunciar o SPA-PATAS às autoridades, mas decidi não fazer isso...

Segui o som de música clássica de spa em direção ao quarto da Brianna.

Foi quando vi as velas a pilha da mamãe se acenderem no corredor, que havia sido coberto com pétalas de flores para criar um efeito dramático.

"Nossa. A Brianna investiu mesmo nesse spa de brincadeira", pensei. "As pétalas cor-de-rosa dão um toque muito bonito!"

Mas ela não parou nas rosas. Alguns metros adiante, ela havia espalhado lilases e gardênias.

"Espera um pouco...", franzi o cenho. "Onde ela pegou essas flores?" Por algum motivo, elas pareciam muito familiares.

Certo, eu estava começando a ficar nervosa.

Perto da porta do meu quarto, encontrei folhas espalhadas, mato, gravetos e... raízes?!

O que me deixou MUITO preocupada.

Mas perdi totalmente o controle quando vi a terra e as minhocas confusas espalhadas em cima do carpete novo da minha mãe!

A porta do quarto da Brianna estava trancada, então comecei a esmurrá-la.

"BRIANAAAAAA!!!", gritei. "Não acredito que você ACABOU com o jardim florido e premiado da sra. Wallabanger!!"

Foi quando uma mulher pequena e esquisita, usando óculos de gatinho com detalhes de diamantes falsos, uma echarpe comprida e um avental pintado por uma criança com os bolsos cheios de produtos de beleza da minha mãe, saltos uns seis números maiores que os pés dela e excesso de maquiagem, além de muitas joias, abriu cuidadosamente a porta do quarto da Brianna e espiou.

Ela arregalou os olhos para mim, enrugou o nariz e disse...

A MULHERZINHA ESQUISITA
ME PEDINDO SILÊNCIO!

Eu não podia acreditar no que meus olhos estavam vendo! Era...

A srta. Bri-Bri ☹?!

Também conhecida como srta Bri-Bri, a hairstylist fashionista das estrelas.

E agora, pelo que parecia, a dona do novo e moderno SPA-PATAS para não "umanos"!

Ela ficou me olhando e eu a encarei de volta.

Eu soube naquele instante que eu teria uma...

NOITE!

MUITO!!

LONGA!!!

☹!!

QUINTA-FEIRA, 19H30
EM CASA

"SHHH! Esti é um spa de relaxamento, kirida!", a srta. Bri-Bri me repreendeu. "Não entendeu esti cartaz?!"

"Primeiro, não ouse mandar eu me CALAR! Eu estou no comando aqui!", gritei. "Segundo, mal dá pra entender seus cartazes! Detesto ter que dizer isso, madame, mas a senhorita não sabe ESCREVER!"

"Desculpa, não sei nada sobre essass coisinhass que você tá dizendo. A srta. Bri-Bri é muito ocupada, kirida! A menos que você seja um filhote com reserva no spa, preciso pedir que saia. Temos uma política rigorosa de não permitir humanos aqui. Leia esti cartaz, pu favor!"

Então, ela bateu a porta bem na minha cara. PÁ!!

"Srta. Bri-Bri! Humm, quer dizer... BRIANNA! Estou a três segundos de ENLOUQUECER se você não abrir essa porta!", resmunguei. "UM!!... DOIS!!... TRÊS!!..."

De repente, a porta se abriu.

"KIRIDA! Pu favor! Você PRECISA se acalmar. Ou serei obrigada a chamar o SEGURANÇA. Mas, se concordar em manter em segredo todas essas flores, a srta. Bri-Bri dará um DESCONTO na máscara facial de pasta de amendoim! Fechado? Sim?!"

Eu não podia acreditar que a srta. Bri-Bri estava tentando me SUBORNAR!

Ela NUNCA conseguiria comprar meu SILÊNCIO depois de ter DESTRUÍDO totalmente o premiado jardim da sra. Wallabanger, nossa vizinha.

Embora aquele DESCONTO na máscara facial tenha me PARECIDO uma ótima ideia!

ADORO ir ao spa para fazer aqueles tratamentos chiques e cafonas. Mas decidi que não...

"Para sua informação, os spas têm máscaras faciais de AMÊNDOA! NÃO de pasta de amendoim!", corrigi a srta. Bri-Bri. "E POR FAVOR não me diga que você abriu o vidro de pasta de amendoim natural, sem açúcar e sem sal, que o papai estava guardando para o aniversário dele, para passar na cara dos cachorros!"

"Tudo bem, então! A srta. Bri-Bri NÃO vai dizer que abriu a grande embalagem de presente de pasta de amendoim! Mas ela NUNCA, JAMAIS colocou uma gotinha que fosse daquela pasta de amendoim na CARA DOS CACHORROS!", ela exclamou. "Que tipo de spa você acha que somos? Pu favor! Não se preocupe com isso, kirida!"

"Ainda bem!", sussurrei para mim mesma e respirei aliviada.

"Hoje teremos uma massagem corporal superespecial com pasta de amendoim. Então eu coloco essa pasta de amendoim NO CORPO TODO DOSS CACHORROSS", disse a srta. Bri-Bri com orgulho. "Agora, oss cachorross estão muito relaxados! VIU?"

Olhei para além dela e me assustei!

Holly e seus sete filhotes estavam cobertos de pasta marrom...

OS FILHOTINHOS NO SPA-PATAS!

"AI, MEU DEUS! O que você fez?! Esses cães estão TOTALMENTE cobertos com a pasta de amendoim que é o PRESENTE DE ANIVERSÁRIO do papai!!", gritei histericamente.

"Ah! Que bobagem!" A srta. Bri-Bri balançou a mão na minha direção, me dispensando. "Deixo os cachorros relaxados. Se esses cachorros não ficarem bem, eu não fico bem."

"Admita, srta. Bri-Bri. Você estragou tudo. Esses cães estão parecendo enormes bolas de pelo regurgitadas por um gato gigante depois que ele comeu cento e trinta biscoitos de pasta de amendoim", reclamei. "A senhora ao menos tem licença para este spa?!"

"Não precisa ser grosseira, kirida!", a srta. Bri-Bri disse. "Essa situação esstá sob controle! Meu assistente em treinamento, Hans, preparou um banho especial. Toda essa pasta de amendoim cobrindo os cachorros será retirada em breve. HANS! Pu favor, venha limpar os cães. AGORA!"

Não consegui deixar de não fazer cara de tédio quando ela chamou o assistente HANS!

Nunca, JAMAIS, vou me esquecer daquele cara!

Hans, o URSINHO DE PELÚCIA, era o assistente de plantão no salão da BRIANNA quando a srta. Bri-Bri cortou sem querer meu rabo de cavalo, em fevereiro!

E ele é um IDIOTA INCOMPETENTE!!

Mas TANTO FAZ!

Eu particularmente não me importava se a FADA DOS DENTES ajudaria o PAPAI NOEL a dar um banho nos cães.

Desde que eles ficassem LIMPOS, voltassem para dentro da CAIXA deles e fossem ESCONDIDOS no meu quarto antes de a mamãe e o papai chegarem do cinema.

A srta. Bri-Bri e eu levamos Holly e seus filhotes para o banheiro para colocá-los na banheira para um banho rápido.

Foi quando percebi que tínhamos três problemas muito GRANDES:

1. O pobre ursinho de pelúcia mal treinado, o HANS, estava boiando de bruços na banheira.

2. A banheira não estava cheia de água. Estava cheia de...

LAMA?!!!

E

3. Não era lama comum. O cheiro era forte o bastante para fazer desmaiar os patinhos colados no azulejo!

"Brianna! POR QUE tem LAMA na banheira?!", gritei. "E por que esse cheiro de que há algo MORTO e que AINDA está ali apodrecendo?"

"Uhu! Essa lama é feita com a terra mais fina e suja, selecionada a dedo, da caixa de ESTERCO da sra. Wallabanger, pela srta. Bri-Bri", ela se gabou. "Não vai encontrar um banho de lama assim em nenhum outro lugar do mundo, kirida!"

EU, ENJOADA COM O CHEIRO HORRÍVEL DO ESTERCO DA SRTA. BRI-BRI E DO BANHO DE LAMA DO SPA!!

AI, MEU DEUS! O banho de lama e de esterco quente estava com um cheiro tão horroroso que queimou os pelos do meu nariz.

Na verdade, eu consegui SENTIR o sabor!

"Creeedo!", falei, tapando o nariz. "Chega, Brianna! Vou interditar você!", gritei. "Esse spa de mentira está fechado! Desculpa, mas isso deve violar pelo menos uma dúzia de leis da vigilância sanitária!"

"Mas, Nikki, eu ainda NÃO terminei!", a ~~srta. Bri-Bri~~ Brianna resmungou. "Depois do banho de lama, o Hans ia fazer unhas de gelatina nos cachorros. Está vendo?" Ela levantou um frasco de geleia de uva e uma colher de plástico.

"DO QUE você está falando? São unhas de gel, não de gelatina!", eu a corrigi. "Agora, tire o ursinho de dentro da banheira para que eu possa limpar essa sujeira FEDORENTA!"

"Hans? HANS! Saia dessa banheira ou vai ser DEMITIDO!", a srta. Bri-Bri gritou ao pegar a perna dele e puxá-lo com força.

E aconteceu ISTO...

AI, MEU DEUS! Eu não podia acreditar! O Hans voou pelo banheiro como um torpedo e aterrissou de cabeça no vaso sanitário, fazendo um baita SPLASH!

Claro que a srta. Bri-Bri e eu ficamos totalmente SURTADAS porque, graças ao Hans, AGORA estávamos cobertas de esterco e ÁGUA DE PRIVADA!

ECAAAAA ☹!!! . . .

E, quando a Brianna e eu terminamos de correr atrás dos cachorros e levá-los DE VOLTA para a caixa, estávamos cobertas de esterco, água de privada e PASTA DE AMENDOIM ☹!!

Surpreendentemente, tomar conta dos OITO cachorros NÃO foi a minha tarefa mais difícil. E sim cuidar da ~~srta. Bri-Bri~~ Brianna!

Desculpa, mas, durante toda a noite, ela agiu como uma MATILHA DE CÃES SELVAGENS ☹!!

Na última vez em que olhei, o Hans ainda estava boiando na privada, o que não era tão ruim, considerando que a privada estava dez vezes mais limpa do que aquele banho de imersão no esterco!!

Os cachorros estavam IMUNDOS.

O banheiro estava IMUNDO.

E até Brianna e eu estávamos IMUNDAS.

Não teria COMO eu limpar toda aquela IMUNDICE antes de os meus pais chegarem em casa.

A menos que eles chegassem em duas semanas!!

Meus pais SURTARIAM quando descobrissem não UM, mas OITO cachorros grudentos e cobertos de pasta de amendoim escondidos dentro da casa IMUNDA deles!!

Eu FRACASSEI totalmente! Eu era a PIOR babá de cachorros de TODOS OS TEMPOS!!

Mas, a julgar pela cara da Brianna, eu provavelmente era uma babá de crianças ainda PIOR ☹!

Então decidi fazer o que qualquer adolescente normal e responsável faria diante de OITO cães e UMA irmã pirralha coberta de esterco, água de privada e pasta de amendoim.

Eu me sentei no meio do chão do banheiro...

Fechei os olhos...

E comecei a CHORAR!!

☹!!

QUINTA-FEIRA, 20 HORAS
EM CASA

Não sei exatamente por quanto tempo fiquei deitada no chão do banheiro, chorando. Só lembro de ter ouvido a campainha tocar e de ter pensado em três coisas:

1. Por que meus pais chegaram cedo do cinema.

2. Por que estavam tocando a campainha em vez de usar a chave para entrar.

E

3. Se eles me deixariam de castigo até o último ano do ensino médio ou até o PRIMEIRO ano da faculdade.

Por fim, ~~a srta. Bri Bri~~ Brianna apareceu no banheiro e me disse o que eu já sabia.

"Nikki, é melhor você descer depressa! Tem alguém tocando a campainha!", ela exclamou. "E se forem a mamãe e o papai, eu vou me trancar no meu quarto e brincar com a Princesa de Pirlimpimpim. Mas, se eles estiverem MUITO bravos, só diga que fugi. Tá?"

Eu NÃO podia acreditar que a Brianna estava me abandonando daquele jeito! A coisa toda foi ideia DELA! O SPA-PATAS da srta. Bri-Bri foi uma BAGUNÇA!!

DING-DONG! DING-DONG! DING-DONG!

QUE MARAVILHA ☹! Percebi que meus pais estavam bravos só pelo modo como tocaram a campainha.

Ainda coberta de água de privada, esterco e pasta de amendoim, desci a escada para atender a porta. Tudo o que eu podia dizer a meus pais é que estava muito arrependida, que tinha aprendido a lição e que NUNCA MAIS mentiria para eles nem voltaria a esconder alguma coisa deles!!

Abri lentamente a porta da frente e fiquei totalmente chocada ao ver...

...BRANDON?!

"Brandon! Ai, MEU DEUS! O QUE você está fazendo aqui?", arfei.

"Nikki, você está bem?", ele perguntou, parecendo em pânico. "Liguei para o seu celular para ver como as coisas estavam com os cães. E, bom... uma mulher muito esquisita falando com um sotaque estranho atendeu. Ela disse que você não podia atender porque estava muito brava por causa da pasta de amendoim e da lama e que estava chorando no banheiro! Ela falou algo a respeito de você estar com as mãos no vaso sanitário e de ter fechado o spa dela. Nada fez sentido! E então ela simplesmente DESLIGOU na minha cara! Foi muito... BIZARRO!"

"O QUÊ?!!", soltei.

Fiquei CHOCADA! A Brianna tinha atendido o MEU celular e CONVERSADO com o Brandon?!!

Eu NÃO podia acreditar que aquela garota estava fofocando sobre os meus problemas desse jeito!

O Brandon continuou: "Achei que tivesse ligado para a pessoa errada, então liguei de novo. A mesma mulher atendeu e me disse para não ligar outra vez, ou ela chamaria a polícia. Bom, como eu estava na vizinhança cuidando de um projeto, pensei em dar uma passada para ver se estava tudo bem! Você e os cachorros ESTÃO bem, certo?! Aquela mulher me deixou muito preocupado. E, humm... que CHEIRO é esse? CREDO!!", ele disse, piscando muito depressa como se o cheiro estivesse fazendo seus olhos arderem ou alguma coisa assim.

Desculpa, mas eu NÃO diria a verdade ao Brandon. Não podia dizer que ele tinha me confiado os cães e eu tinha sido um TOTAL E COMPLETO FRACASSO como babá ☹!

Então decidi simplesmente MENTIR que tinha lido na revista *Coisa de adolescente* que lavar os cães com pasta de amendoim e esterco matava as pulgas (afastando todas por vinte quilômetros!) e deixava os pelos muito brilhosos.

E sim! A coisa toda tinha feito um pouco mais de sujeira do que eu havia previsto.

Então eu estava em processo de limpar (os cães, minha irmãzinha, Hans, o ursinho, e metade do andar de cima).

E aí eu decidi mudar de assunto.

"Então, Brandon, você disse que estava na bairro?"

"Sim. Na verdade, eu estava no vizinho da casa branca. Meu amigo Max Crumbly e eu estamos cuidando do nosso projeto para a feira de ciências. É para amanhã."

"Aquela casa?", perguntei surpresa. Você estava na casa da sra. Wallabanger?

"Sim, a sra. Wallabanger é avó do Max. Nosso projeto se chama Usando a Destilação para Transformar Água Suja em Água Potável."

"Uau, Brandon! Nossa professora de biologia falou da feira de ciências. Seu projeto parece bem complicado."

"Na verdade, não é. Tem a ver com pegar água suja e transformar em água potável. Com bastante pesquisa, esse processo pode um dia ajudar a oferecer água limpa a países subdesenvolvidos. De qualquer modo, para que nosso projeto funcione, precisamos usar água suja que exista naturalmente no meio ambiente."

"Isso é totalmente incrível!", falei.

"Pretendíamos usar água corrente do monte de compostagem da sra. Wallabanger. Mas acabamos de descobrir que sumiu. Então talvez não entremos na feira de ciências."

"Nossa! O que aconteceu?", perguntei, preocupada.

"Sei que é difícil de acreditar, mas parece que alguém vandalizou o quintal dela e roubou o esterco. Também levaram algumas flores premiadas. A avó do Max insiste em dizer que a arqui-inimiga dela, Trixie Claire Jewel-Hollister, está por trás disso. Elas são rivais desde o ensino médio. A sra. Wallabanger ganha o primeiro lugar em todas as exposições de flores da região, e diz que Trixie Hollister é uma rica, mimada e invejosa FRACASSADA DE DAR PENA."

Eu tinha quase certeza de que essa tal de Hollister era avó ou tia-avó da MacKenzie.

Eu me senti mal por eles a estarem culpando, mas também não queria entregar a Brianna.

"Bom, sinto muito por saber que você e o Max podem não entrar na feira de ciências por causa do... Espera aí! Acho que devo ter um pouco de esterco, ou melhor, ADUBO, de que não preciso!"

Brandon pareceu surpreso. "É mesmo? Tem?! Puxa! É uma ótima notícia! Podemos pegar um pouco emprestado para o projeto?"

"Na verdade, podem pegar TUDO! Eu pretendia me livrar dele, de qualquer forma. Mas vou precisar de uma ajudinha, se vocês não se importarem."

Então limpei o VASO IMUNDO.

O Brandon limpou a BANHEIRA IMUNDA (ele gostou muito do "SPA DE LAMA" da srta. Bri-Bri).

E o amigo dele, o Max, limpou os CÃES IMUNDOS no quintal da sra. Wallabanger...

MAX, DANDO UM BANHO NA HOLLY E NOS FILHOTES!

O Brandon me apresentou a seu grande amigo Max Crumbly. Ele é legal, simpático, inteligente e QUASE tão LINDO quanto o Brandon! ÊÊÊÊÊÊ ☺!!

NIKKI, ESTE É MEU AMIGO MAX CRUMBLY! ELE É NETO DA SRA. WALLABANGER!

O Brandon disse que Max é um artista muito bom (como EU!) e que frequenta a escola pública South Ridge, na mesma rua.

Os dois me agradeceram pela ajuda com o projeto de ciências e me convidaram a comparecer.

De qualquer forma, quando meus pais chegaram do cinema, tudo e todos estavam bem limpinhos e dormindo!

Sim, eu admito que a noite foi um COMPLETO DESASTRE!!

Por que foi que eu PENSEI que poderia cuidar de OITO cães sendo que mal conseguiria cuidar de uma PEDRA DE ESTIMAÇÃO?!

Mas, no fim das contas, deu tudo certo!

Talvez a massagem com pasta de amendoim da srta. Bri-Bri relaxasse MESMO os cães. Eles passaram a noite toda quietinhos.

Só espero que amanhã seja um dia com bem menos DRAMA!

Meus pais vão acompanhar a sala da Brianna o dia todo numa excursão ao zoológico Westchester. Então os três já terão saído quando eu acordar.

Vou deixar os cachorros brincarem e cochilarem no meu quarto (com o tapetinho para xixi) até eu chegar do colégio.

E AÍ, quando a minha família voltar da excursão, o Brandon já vai ter pegado os cachorros e os levado para a casa da Chloe, e minha tarefa de babá terá sido cumprida com sucesso!

O que significa que terei mantido OITO cachorros embaixo do nariz dos meus pais por vinte e quatro horas sem eles saberem!

Não sou um GÊNIO DO MAL?!

MUÁ-HA-HA-HA!

Bom, é melhor eu dormir!

☺!!

SEXTA-FEIRA, 2 DE MAIO – 7 HORAS
EM CASA

AAAAAAAAAAAAAAAH!!!
(Essa sou eu gritando, ATERRORIZADA!)

No começo, eu não sabia se estava sonhando ou se estava acordada. Só rezei para que aquela COISA horrorosa que vi fosse um pesadelo!

Eu tinha acordado, tomado banho e me vestido. Depois tomei conta da Holly e dos filhotes.

Eles ficaram brincando e correndo no meu quarto enquanto eu desci para tomar café da manhã e ir para o colégio.

AVISO! Esta é a parte assustadora do PESADELO!

Assim como aquelas ~~vítimas~~ pessoas dos filmes de terror, eu deveria estar sozinha em casa!

Então SURTEI completamente quando entrei na cozinha e vi...

EU, EM CHOQUE AO VER QUE MINHA MÃE AINDA ESTAVA EM CASA, SENDO QUE DEVERIA TER SAÍDO!

Eu fiquei, tipo: "Hum, bom dia, mãe! Então... O QUE VOCÊ ESTÁ FAZENDO AQUI?!!"

Minha mãe me olhou com uma cara esquisita. "Bom, no momento, estou fazendo café."

"O que eu quis dizer foi se você e o papai não passariam o dia fora! Acompanhando a turma da Brianna no zoológico!"

"Na verdade, a excursão foi cancelada devido à previsão de tempestade. E, como eu já tinha pedido folga no trabalho, decidi ficar em casa e relaxar."

"O QUÊ?! Você vai ficar EM CASA!!? O DIA TODO?! Tem CERTEZA?!", perguntei.

"Sim, tenho certeza. Querida, você está bem? Parece que acabou de ver um FANTASMA ou coisa assim!"

"Realmente, mãe, eu estava muito bem até entrar nesta cozinha. Agora quero vomitar! Humm, o que quero dizer é... SIM! Não estou mal, não. E estou me sentindo muito bem, na verdade", eu disse.

Certo, eu tinha um problema GIGANTESCO!

Eu não tinha como deixar os cachorros no meu quarto com minha mãe em casa o dia todo.

E ainda que eu os colocasse na garagem, ela provavelmente também os veria por lá.

Eu precisava tirá-los de casa, e RÁPIDO!!

Se um dos cachorrinhos ESPIRRASSE, havia uma boa chance de a minha mãe ouvir, já que estava na mesma casa que oito cães ☹!

Diferentemente do meu COLÉGIO, que era cheio, movimentado e praticamente um ZOOLÓGICO!

Aquele lugar costumava ser tão BARULHENTO que eu mal conseguia ouvir meus próprios PENSAMENTOS!

Por mais maluco que parecesse, eu não tinha opção a não ser levar os cães para o COLÉGIO comigo!!

Ou enfrentar a IRA DA MINHA MÃE ☹!!

Enviei uma mensagem de texto para a Chloe e para a Zoey e contei a elas sobre a CATÁSTROFE iminente!

Elas me pediram para manter a calma e encontrá-las na porta lateral perto da biblioteca do colégio O MAIS DEPRESSA POSSÍVEL.

Mas eu AINDA tinha que resolver DUAS questões muito pequenas, porém importantes.

Como ninguém pede pizza às sete da manhã, a Queijinho Derretido ainda estava fechada e os entregadores não estavam disponíveis. Então COMO eu convenceria minha mãe ou meu pai a levar a mim e a OITO cães para o colégio? Sem que NUNCA descobrissem os, humm... CACHORROS?

Foi quando de repente lembrei que minhas melhores amigas e eu nos encontraríamos perto da BIBLIOTECA. E lá tinha muitos e muitos LIVROS.

Então peguei uma caneta, papel, cobertor e um carrinho e criei o disfarce perfeito para os cães...

Eu tinha acabado de cobrir a caixa dos cães com o cobertor antigo da Brianna quando de repente ouvi a porta da garagem se abrir.

Os olhos da Brianna se arregalaram e ela parecia prestes a fazer xixi na calça.

Quando me virei, meu pai estava ali com uma caneca de café, OLHANDO bem para a CAIXA DE CACHORROS.

AI, MEU DEUS! Eu fiquei TÃO assustada
que quase botei o café da manhã para fora.

Meu pai olhou para a jaula dos cachorros e então para mim, e de novo para a jaula. Eu tive certeza de que estava PERDIDA!!

Até que ele disse: "E então, Nikki, parece que você vai precisar de ajuda para levar esses livros da biblioteca para o colégio. Vou abrir a van para você entrar".

Fiquei sem saber o que dizer. E muito feliz ☺!!

Meu pai tinha se oferecido para levar ~~os cães~~ os "livros da biblioteca" para o colégio!

"Obrigada, pai!", falei. "Muito, muito obrigada."

"São MUITOS livros! Onde você os encontrou, Nikki?", ele perguntou ao beber um gole de café.

"Na verdade, alguém os deixou na porta de um lugar, e eu estou cuidando deles até poder lhes dar um lar. Bom, um LAR na BIBLIOTECA do colégio, claro!", expliquei, nervosa.

Meu pai destrancou a porta da van e voltou para avisar a minha mãe que me levaria para o colégio.

Rapidamente, levei os "livros" para a van, e a Brianna me ajudou a colocar tudo lá dentro antes de ele voltar.

Enquanto meu pai dava partida no carro, eu liguei o rádio e coloquei as músicas antigas preferidas dele, tão alto que pensei que meus ouvidos fossem sangrar.

Felizmente, a música alta fez com que fosse quase impossível meu pai ouvir os cães latindo.

MAS, se ele tivesse olhado para os "livros para a biblioteca" atrás de si, teria tido uma baita surpresa...

Meu coração estava acelerado como o baixo do meu rap preferido enquanto eu ajustava o cobertor para cobrir os cãezinhos curiosos.

ONDE EU ESTAVA COM A CABEÇA ☹?!!

Eu devia estar sofrendo de INSANIDADE TEMPORÁRIA quando tive essa ideia RIDÍCULA de levar os oito cães para o colégio.

Eu já estava COM MEDO do meu dia no colégio!

E ele nem sequer tinha começado.

☹!!

SEXTA-FEIRA, 7H55
NA ESCOLA

Conforme o planejado, a Chloe e a Zoey estavam esperando por mim na porta lateral perto da biblioteca.

"Oi, pessoal!" Eu saí da van, agarrei os braços delas e as levei de volta até a van para que meu pai não ouvisse.

"Então, vocês vão me ajudar a descarregar os, humm... LIVROS?!"

"Livros?", a Zoey perguntou. "Que livros?"

Dei uma piscadinha para as duas.

"Ah! AQUELES livros! Claro!", a Zoey disse.

"Nikki, o que aconteceu com os CACHORROS?", a Chloe perguntou. "Eles ainda estão no seu quarto?! Pensei que você fosse trazê-los ao colégio hoje e..."

A Zoey deu um chute na Chloe para que ela fechasse a boca.

"Ai! Isso doeu!", a Chloe choramingou.

"Precisam de ajuda, meninas?", meu pai perguntou, de pé atrás de nós.

AI, MEU DEUS! Ele quase fez a gente morrer de susto! Gostaria que ele PARASSE de espiar as pessoas assim.

Ele abriu a porta de trás da van e pegou o monte de "livros da biblioteca".

"NÃO!", falei, segurando a mão dele. "Quer dizer, não, obrigada, papai! A gente pega. A professora Peach nos demitiria de nossa função na biblioteca. Você entende, né?"

"Não muito, mas tudo bem", ele deu de ombros. "Vocês, garotas, estão mais nervosas do que um gato molhado! Parecem que estão tentando enfiar ratos numa fábrica de queijos ou coisa assim!"

Não é bem isso! Estávamos tentando enfiar oito cães no colégio.

A Chloe, a Zoey e eu nos entreolhamos e rimos com nervosismo.

Não porque a piada dele tinha sido engraçada, mas porque o rabo da Holly estava balançando por baixo do cobertor...

Depois que a Chloe, a Zoey e eu tiramos a jaula de dentro da van, nós nos despedimos do meu pai e levamos os "livros" para dentro da biblioteca.

"Deixar a jaula aqui pode ser arriscado!", falei, olhando ao redor. "E se a sra. Peach vir o cartaz e pensar que são mesmo livros para a biblioteca?"

"Talvez, se mudarmos o cartaz para 'LIXO', ela não olhe", a Chloe considerou. "Mas, nesse caso, pode ser que ela jogue fora. Já sei! O que acham de escrevermos 'COBRAS'? Assim, ela não chegaria nem perto!"

"Não! Vamos esconder os cães em um lugar seguro e muito secreto sobre o qual apenas NÓS sabemos. Tipo, humm....", a Zoey disse, dando tapinhas no queixo.

De repente, todos tivemos exatamente a mesma ideia...

"O DEPÓSITO DO ZELADOR!", gritamos animadas.

Rapidamente levamos a jaula pelo corredor até lá...

Levamos o carrinho para dentro e fechamos a porta.

"Só espero que os cachorros não façam muito barulho", a Zoey disse, tirando o cobertor e dobrando-o.

"Bom, podemos ficar atentas a isto", falei, enfiando a mão na mochila e pegando a babá eletrônica.

A Chloe a ligou e colocou o receptor em cima da jaula, em seguida entregou a outra parte para mim.

Todos os cachorrinhos estavam descansando, e Holly nos olhava em silêncio, provavelmente curiosa a respeito de seu ambiente.

"Olha!", a Chloe falou. "A tigela de água dela está vazia. Vou encher para que ela não sinta sede!"

"Certo, mas feche a jaula quando acabar para que eles não saiam", falei, aumentando o volume da babá eletrônica.

Eu quis me certificar de que ouviria todos os sons. Então eu a coloquei dentro da minha mochila.

Nós nos despedimos dos cães, fechamos a porta do depósito do zelador com cuidado e seguimos em direção aos nossos armários.

Hoje os alunos estavam indo para as salas de preparação, e não para as salas de aula.

Isso foi bom para nós, porque estávamos na mesma sala de chamada.

"Procurem agir naturalmente e fiquem tranquilas", sussurrei para a Chloe e para a Zoey quando nos sentamos.

"E pensem POSITIVO!", a Zoey sussurrou.

"Sim, porque, se alguém encontrar esses cachorros no depósito do zelador, tenho CERTEZA de que seremos EXPULSAS deste colégio, chutadas como uma BOLA DE FUTEBOL!", a Chloe acrescentou num sussurro.

Eu fiquei, tipo: "Muito obrigada, Chloe!"

Depois de ouvir seu pensamento positivo, fiquei mais PREOCUPADA do que nunca!!

☹!!

SEXTA-FEIRA, 8H27
NA SALA DE CHAMADA

A sala estava tão quieta que dava para ouvir uma agulha caindo. Até que...

BUM! SPLASH! AU! IH! PAF!

Os barulhos fortes vindos da minha mochila me assustaram tanto que praticamente caí da cadeira. AI, MEU DEUS! Parecia um pandemônio de filhotes!

Eu me arrependi no mesmo instante de ter aumentado tanto o volume da babá eletrônica.

Também me arrependi no mesmo instante de não ter olhado para ver se a Chloe tinha FECHADO a PORTA DA JAULA depois de ter enchido a tigela de água da Holly ☹!!

Todo mundo na sala ouviu, incluindo a Zoey e a Chloe. Fiquei totalmente em pânico.

Minha professora, assustada, parou de escrever no quadro, andou até a minha mesa e olhou para mim...

"Nikki, você está bem?", ela perguntou, parecendo muito preocupada.

"Hum... você já se sentiu tão mal que parecia ter sete cães brigando num depósito dentro da sua barriga? É como estou agora!" Levei a mão à barriga e soltei um gemido muito alto e sofrido muito falso.

Minha professora estremeceu só de pensar.

"Na verdade, não, nunca aconteceu. Ainda bem!", ela disse.

AIN-AIN! PAM! AU! PAF!

"Desculpa! Mas a coisa pode ficar muito feia!", falei, e então gemi por muito tempo e muito alto, como um cervo com dor de dente.

Eu estava tentando o máximo possível disfarçar o barulho que vinha da minha mochila.

Mas acho que não deu certo.

"Estou muito preocupada com você, Nikki! Será que você comeu alguma coisa que não fez bem?", minha professora perguntou.

"Provavelmente! Lembra daquela caçarola de macarrão com queijo do almoço de ontem? Estava meio verde-bolor e com cheiro de leite podre. Comi TRÊS pratos grandes! ECA!!"

Observei os alunos afastarem as mesas de perto de mim, para ficarem distantes do meu vômito, se fosse o caso.

Qual é? Mesmo que eu tivesse comido aquela coisa, eles não precisariam se afastar desse jeito.

Ei! Eles precisariam NADAR para sair da sala!

Só tô dizendo.

AIN-AIN! PAM! AU! PAF!

AIN-AIN! PAM! AU! PAF!

Alguns alunos estavam me encarando horrorizados, como se eu estivesse possuída! Pelos TOCADORES DE TAMBOR de uma FANFARRA do ensino médio!

O que aqueles cachorros estavam fazendo?

Correndo atrás de BOLAS DE BOLICHE?! E brincando com ESFREGÕES?!

"Ai! Ai! AAAAAI!", a Zoey gritou de repente, como um coiote uivando para a lua. "Professora, eu comi muito daquele MAL-CARRÃO, hum... quer dizer, macarrão! Estou me sentindo MUUUIITO mal!"

Então, a Chloe também se juntou a nós: "MUUUU! QUAC, QUAC! OINC! OINC! CUCURUCUUUU!!"

A garota com certeza estava exagerando na encenação. Estava parecendo um galo cantando ao amanhecer!

Então, para efeito dramático, reencenei aquela cena infame de quando a MacKenzie vomitou na aula de francês!!...

A CHLOE, A ZOEY E EU,
FINGINDO ESTAR MUITO ENJOADAS!

AI, MEU DEUS! Foi quando a sala toda enlouqueceu!

Todo mundo sabe que vômito pode ser contagioso. É provável que nunca tenha sido cientificamente provado, mas AINDA ASSIM!

Pelo menos outros quatro alunos estavam tapando a boca e começando a parecer muito enjoados também.

Só que, ao contrário da Chloe, da Zoey e DE MIM, AQUELES alunos provavelmente IAM VOMITAR ☹!!

ECAA!!

Mas QUATRO ao mesmo tempo?!

ECAA quádruplo!!

Eu definitivamente não queria estar por perto quando ISSO acontecesse.

"AH, NÃO!", minha professora gritou, se dando conta de repente da gravidade da situação. "Vocês três estão IMEDIATAMENTE dispensadas! Agora DEPRESSA, antes que o almoço volte para dizer oi para o chão todo! SAIAM! Por favor! SAIAM!"

Ficou bem claro que a professora já sabia sobre o FIASCO DO VÔMITO DA MACKENZIE. Porque AQUELA mulher NÃO aceitaria que isso acontecesse em SUA sala!

A Chloe, a Zoey e eu trocamos olhares.

Apesar da nossa pobre capacidade de encenação, nosso plano obviamente estava funcionando!

"Brigada, professora!", falei com uma careta.

Então peguei minha mochila e nós três saímos da sala meio esquisitas.

Mas, assim que fechei a porta, atravessamos apressadas o corredor até o depósito do zelador, como se estivéssemos disputando uma corrida de cem metros.

A CHLOE, A ZOEY E EU, ATRAVESSANDO O CORREDOR PARA VER OS CÃES!

SEXTA-FEIRA, 8H30
NO DEPÓSITO DO ZELADOR

Conforme atravessávamos o corredor, tínhamos a impressão de que o depósito do zelador ficava a cinco quilômetros dali.

Quando chegamos lá, estávamos totalmente desesperadas e ofegantes.

Abri cuidadosamente a porta, e nós três espiamos.

AI, MEU DEUS!

Eu não conseguia acreditar na **ENORME** bagunça que aqueles cães tinham feito!

Deu um sentido totalmente novo ao velho ditado "SOLTAR OS CACHORROS"!

Mas, acima de tudo, não conseguíamos acreditar em como os cachorros pareciam estar se DIVERTINDO.

Tudo ali tinha sido...

Mastigado.

Roído.

Lascado.

Arranhado.

Rasgado.

Desfiado.

Despedaçado.

Estilhaçado.

Ou quebrado.

Mas ainda bem!!

Os CACHORROS estavam inteiros e muito bem...

Havia montes de sabão em pó, poças de água suja e papel higiênico rasgado por todos os lados. Dois cãezinhos brincavam com a mangueira de água na pia.

Não sou uma encantadora de cães, mas acho que a Holly estava totalmente envergonhada com o comportamento dos filhotes.

Foi difícil acreditar que filhotes tão PEQUENOS pudessem fazer uma bagunça tão ENORME! Parecia que eles tinham feito uma festa selvagem e ACABADO com o lugar!

"Vai demorar pelo menos uma hora para limparmos essa bagunça!", a Zoey resmungou. "Vamos ter que voltar para resolver na hora do almoço, quando teremos mais tempo."

"Sim, eu sei. Mas precisamos tirar os cães daqui primeiro", murmurei.

"Onde mais podemos colocá-los?", perguntou a Chloe. "A sra. Peach ficará na biblioteca a tarde toda, então lá NÃO É uma opção!"

"Pessoal! Tenho uma IDEIA MUITO LOUCA!", dei uma risadinha. "E tenho certeza de que vai dar certo! Ou vai ACABAR com a nossa vida e fazer com que sejamos EXPULSAS do colégio."

"Uau, parece perfeito!", respondeu a Zoey com sarcasmo, revirando os olhos.

"Ouçam", falei. "O diretor Winston vai passar o dia fora numa reunião no colégio de ensino médio. Certo? Bom, já que ele não está na sala dele..."

"Já sei!", a Chloe me interrompeu animada. "Podemos MATAR O RESTANTE DAS AULAS e levar os cachorros para a MINHA casa! Como ele não está aqui, ele não vai saber e não seremos EXPULSAS! Certo?"

"Não é bem isso, Chloe. Me ESCUTA, tá?", falei, meio irritada. "A gente podia esconder os cachorros no escritório dele, e ninguém NUNCA os encontraria. Isso porque ninguém OUSARIA entrar lá sem a permissão dele. A menos que fosse alguém MUITO, MUITO IDIOTA ou alguma coisa assim!"

A Zoey bateu a palma da mão na testa. "DÃ! Sou a ÚNICA que vê IRONIA nisso? Afff!"

"Tem PORCARIA aqui?!", perguntou a Chloe, olhando ao redor. "Cadê? Olha, quem jogaria porcarias no depósito de um zelador? Ahh! Já sei! O ZELADOR, certo?!"

"Chloe! Eu disse 'IRONIA'!", a Zoey suspirou.

"Eu sei. Eu ouvi da primeira vez. Mas, ainda assim, não vejo porcaria", a Chloe disse.

"Chloe! NÃO tem porcaria, pode acreditar", eu falei.

"FOI O QUE PENSEI! Diga isso à Zoey", a Chloe disse, revoltada.

"Qual é, Zoey!", falei. "Se tiver uma ideia melhor, quero ouvir."

"Na verdade, acho que a ideia idiota da Chloe, de MATAR AULA, é MELHOR. E MENOS arriscada", ela resmungou.

Eu apenas revirei os olhos para a Zoey e não disse nada.

Por fim, ela suspirou. "Nikki, se você acha que seu plano vai funcionar, vamos tentar! Definitivamente NÃO podemos deixar os cachorros aqui!"

"Ótimo!", sorri. "Agora prestem bastante atenção, meninas. Meu plano é MUITO, MUITO simples! Tudo o que precisamos fazer é ENFIAR os cachorros dentro do escritório do diretor Winston, impedi-los de ESTRAGAR o lugar como fizeram com o depósito do zelador, tomar cuidado para que ninguém os descubra sem querer e então VOLTAR para o escritório no fim do dia e levá-los para casa! Tipo, não pode ser TÃO difícil assim."

A Chloe e a Zoey apenas cruzaram os braços e ficaram me encarando.

"O plano é esse. Vocês têm alguma pergunta?", perguntei animada.

"Sim, eu acho que a Chloe e eu temos a mesma pergunta", a Zoey murmurou...

Certo, eu não estava esperando bem ESSA pergunta.
Mas, ei, são a Chloe e a Zoey. Elas são ADORÁVEIS!

SEXTA-FEIRA, 8H43
NA SECRETARIA DO COLÉGIO

Ter a ideia de esconder os cachorros na sala do diretor Winston foi muito fácil.

No entanto, decidir COMO colocar os cachorros na sala do diretor Winston era a parte difícil. Então este seria o PLANO MESTRE!

A Chloe se trancaria num dos banheiros e ~~faria suas imitações ruins de vários animais do celeiro e~~ fingiria estar passando mal.

Nós pediríamos à secretária que desse uma olhada na Chloe porque estávamos preocupadas com ela.

Enquanto a secretária estivesse fora, a Zoey e eu simplesmente levaríamos a jaula dos cachorros para dentro da sala do diretor Winston e fecharíamos a porta.

Já que a sala dele ficava em um corredor separado do escritório principal barulhento, seria muito difícil ouvir os cachorros, a menos que eles fizessem muito barulho.

E então, no fim do dia, simplesmente pediríamos de volta nossa caixa de "livros da biblioteca" que por engano tinha ido parar no escritório do diretor Winston, e não na biblioteca.

Eu sabia que meu plano não era muito bom, era mal pensado e muito arriscado. Mas eu não tinha outras opções.

A não ser confessar tudo aos meus pais ☹!

Estávamos saindo do escritório quando a porta se abriu e a secretária atravessou o corredor e entrou na sala dos professores.

Nem acreditamos na nossa sorte ☺!

Com a secretaria temporariamente vazia, teríamos a oportunidade PERFEITA para colocar os cachorros dentro da sala do diretor.

Pegamos o carrinho e corremos para dentro da secretaria, e então tivemos notícias BOAS e RUINS. A notícia RUIM era que havia uma assistente da secretaria de plantão ☹!

Mas a BOA notícia era que quem estava ali era a nossa amiga MARCY ☺!!...

NOSSA GRANDE AMIGA MARCY É A ASSISTENTE DE PLANTÃO!

"E aí, Marcy?", falei. "Precisamos pedir um favorzão pra você! É meio secreto!"

Ela olhou confusa para o carrinho atrás de nós. Então leu o cartaz e hesitou, sem acreditar.

"AI, MEU DEUS! Não acredito que vocês fizeram uma coisa dessas! E esperam que eu guarde segredo? O colégio todo precisa saber o que vocês estão fazendo!", a Marcy gritou, animada.

Pela reação exagerada da Marcy, parecia bem claro que ela devia ter visto um filhote espiando por debaixo do cobertor, ou um rabo balançando, ou alguma coisa assim.

QUE MARAVILHA! Estávamos bem ENCRENCADAS ☹!!

A Chloe, a Zoey e eu entramos em pânico.

"Olha, Marcy, posso explicar tudo! Me dá uma chance, por favor!", pedi.

"Quando a secretária voltar do intervalo, tenho certeza que vai ficar tão chocada e surpresa com o que vocês estão fazendo quanto eu! Claro que ela vai contar ao diretor Winston assim que ele voltar", a Marcy continuou.

"Na verdade, Marcy, parece que você está bem ocupada. Então vamos voltar para a sala!", a Zoey exclamou. "Tenha um bom dia!"

Mas a Chloe perdeu as estribeiras.

"AH, NÃO!! Vamos ser EXPULSAS do colégio e nossos pais vão nos MATAR!", ela gritou com histeria, levando a mão à barriga. "AI! Acho que vou VOMITAR! De verdade! Cucurucuuuu! Muu! Oinc!"

"Olha, Marcy, não vou me dar o trabalho de explicar o que estamos tentando fazer. Então esqueça que estivemos aqui!", falei, frustrada.

"Não! Vocês não têm que explicar nada. Está bem óbvio. Vocês estão reunindo doações para a biblioteca! DE NOVO! Não é? Vocês são demais. Nosso colégio tem muita sorte por ter alunas como vocês, tão dispostas a se dedicar tanto. O diretor Winston deveria dar a cada uma de vocês o Prêmio de Aluna do Ano. Eu me sinto ORGULHOSA e honrada por ser amiga de vocês!", a Marcy disse.

"E O QUE EU POSSO FAZER PARA AJUDAR?"

A Chloe, a Zoey e eu nos entreolhamos e rimos de nervoso.

UFA!! Essa foi por pouco!

Fiquei contente por a Marcy ter se oferecido para nos ajudar.

Mas, depois de seus elogios, pedir que ela SE APROVEITASSE de sua posição como assistente para nos ajudar a colocar oito cachorros na sala do diretor Winston de repente pareceu muito mais difícil!

Eu havia decidido me meter nisso tudo para tentar ajudar o Brandon a salvar a Holly e seus filhotinhos.

Mas envolver pessoas inocentes, como as minhas melhores amigas e agora a Marcy?!

Eu me senti uma COBRA! Uma cobra desonesta, manipuladora e muito DESESPERADA!

Eu não tinha opção a não ser ligar para os meus pais e contar tudo a eles, ANTES que minhas amigas e eu nos metêssemos em sérios problemas.

"Obrigada, Marcy! Então isso quer dizer que não seremos EXPULSAS por esconderem a Holly e seus filhotes no colégio?", a Chloe perguntou.

A Zoey deu um chute na Chloe para fazê-la se calar.

"AI! Doeu!", a Chloe resmungou e lançou um olhar para a Zoey.

"Filhotes? Você acabou de dizer FILHOTES?!", a Marcy perguntou, animada. "AI, MEU DEUS! EU AMO filhotes! Estou implorando para meus pais me darem um, tipo, DESDE SEMPRE! Onde eles estão? Posso ver? POR FAVOOOORR!!"

Certo, foi quando eu decidi NÃO telefonar para os meus pais e contar a eles sobre a Holly e seus filhotes.

E-e-e-e-então e se eu for uma ssss-serpente? ☺!

Contei tudo a respeito da Holly e dos filhotes e sobre estarmos ajudando o Brandon a salvá-los.

Então deixei que ela os visse...

EU, MOSTRANDO OS CÃES PARA A MARCY!

A Marcy não parecia nem um pouco decepcionada pelo fato de nossos livros da biblioteca serem na verdade cachorros.

E, depois de saber sobre o dilema dos cachorros, ela concordou que a sala do diretor Winston seria o esconderijo PERFEITO até o fim do dia ☺!!

Principalmente porque o diretor Winston não voltaria durante o horário da aula.

"Marcy, agradecemos muito pela ajuda, mas tem CERTEZA de que quer fazer isso? Se formos pegas, você pode ser advertida... ou pior!", avisei.

"Bom, para ser sincera, não estou tão preocupada com a advertência. Só não quero perder meu trabalho como assistente da secretaria e passar a assistente da academia. Os caras suados da equipe de luta são os piores! Depois do treino, o uniforme deles fica com cheiro de LIXO e gás fedorento!", ela reclamou. "ECA!"

"Marcy, compreendemos totalmente se não quiser nos ajudar", falei com simpatia.

"Sim, não pediríamos a você para fazer algo tão maluco e arriscado, a menos que fosse por uma causa muito boa", a Zoey explicou.

Mas a Chloe não ajudou em nada. Ela fez uma cara bem triste, como se estivesse prestes a chorar.

"Marcy, veja essas carinhas fofas!", a Chloe gritou com voz de bebê. "Ai, modeus! Ti cacholinhos lindos!!"

Como se tivesse sido combinado, os oito cachorros nos olharam com a cara mais triste e angelical DO MUNDO!

"Aaaaiiii", nós quatro dissemos.

"Os cachorrinhos estão muito, muito tristes!", a Chloe disse com seriedade.

"Certo, pessoal! Estou nessa!", a Marcy fungou. "Eu teria que ser uma pedra de GELO para dizer não a essas carinhas lindas. Eu já amo todos eles! Que lindinhos!"

A Chloe, a Zoey e eu ficamos tão felizes que demos um abraço coletivo na Marcy!

"Obrigada, pessoal!", a Marcy sorriu. "A secretária vai voltar do intervalo a qualquer momento. Precisamos levar esses cães para a sala do diretor Winston agora!"

Acho que o fato de estarmos prestes a esconder oito cães na sala do diretor deve FINALMENTE ter sido assimilado.

Porque de repente minha cabeça começou a latejar. E as palmas das minhas mãos ficaram MUITO suadas. E meu estômago começou a ficar muito enjoado, de verdade!

Respirei fundo, assenti e disse calmamente: "Certo, Marcy, vamos fazer isso!"

Mas, dentro da minha cabeça, eu estava SURTANDO totalmente!

Eu queria sair correndo da secretaria, gritando como uma louca...

Só espero que meu plano MA-LUUU-CO funcione!

!!

SEXTA-FEIRA, 8H57
NA SALA DO DIRETOR

A Marcy girou cuidadosamente a maçaneta da sala do diretor Winston e...

CLICK!!

Ai, MEU DEUS! Quase morremos de susto!

"AAAAH", a Chloe gritou e segurou meu braço.

Certo, então AQUELE foi o clique MAIS ALTO de TODOS OS TEMPOS!

Mas AINDA ASSIM!

A Chloe não precisava agir como se tivesse visto um assassino com um machado ou alguma coisa assim.

"CHLOE! Solta meu braço!", sussurrei meio que gritando.

"Desculpa!", ela murmurou. "Só estou um pouco assustada, tá?"

Nós quatro andamos na ponta dos pés e entramos na sala escura, puxando o carrinho dos cachorros.

Por algum motivo, ali dentro estava muito assustador.

Era como se a qualquer segundo uma criatura assustadora fosse sair das sombras, nos pegar com suas garras compridas e fazer algo TERRÍVEL conosco!

Sabe, tipo...

MATRICULAR A GENTE NOS CURSOS DE VERÃO!!

CREEEEDO ☹!!!

A Marcy parou no meio da sala. "SHHHH!! Vocês ouviram isso?"

Eu com certeza ouvi!

TOC-TOC!
TOC-TOC!

"AH, NÃO!", a Zoey arfou. "Acho que alguém está batendo na porta! ESTAMOS PERDIDAS!"

"Não é a porta! São os JOELHOS da Chloe!", falei, revirando os olhos.

"Ei, eu já falei que estava um pouco assustada!", disse a Chloe. "Esse lugar parece uma casa mal-assombrada ou coisa assim! Alguém tem uma lanterna?"

"Exatamente! Não consigo lidar com isso!", a Marcy choramingou. "Vou fazer o que deveria ter feito no começo!"

Ela se virou e caminhou direto para a porta.

Eu NÃO podia acreditar que ela ia entrar em pânico e nos abandonar daquele jeito.

"Espera, Marcy! Volta!", sussurrei meio que gritando.

"Bom, parece que ela prefere ficar cheirando o uniforme dos lutadores do que se juntar com as contrabandistas de cachorros!", a Chloe resmungou. "TRAIDORA!"

A CHLOE, A ZOEY E EU SURTANDO ENQUANTO A MARCY SE DIRIGE ATÉ A PORTA!

Quando alcançou a porta, a Marcy parou.

Então ela acendeu um interruptor na parede, e luzes claras inundaram a sala.

A Chloe, a Zoey e eu piscamos, surpresas.

"Pronto! Não fica bem melhor assim?", a Marcy disse, abrindo as cortinas de uma janela. "Não sei vocês, mas a escuridão estava me dando SÉRIOS arrepios!"

O medo da Chloe diminuiu quando olhamos ao redor.

O escritório era muito menos assustador com as luzes acesas.

Na verdade, era meio entediante.

Havia certificados meio bobos nas paredes, uma estante cheia de livros empoeirados e um relógio ao lado de um porta-retratos com a foto da família. Havia também um pote grande de doces com uma pilha de papéis do lado.

Não pude deixar de estremecer. Felizmente, aquela era a PRIMEIRA e a ÚLTIMA vez em que eu estaria na sala do diretor.

Dobrei o cobertor dos cachorros e o coloquei dentro do carrinho.

Todos os cachorros tinham se aninhado e estavam prestes a tirar o cochilo da manhã.

"Acho que eles ainda estão exaustos por causa da festa que fizeram no depósito do zelador. Então provavelmente vão dormir o resto do dia. Você nem vai saber que eles estão aqui", falei para a Marcy.

"Ótimo! Volto para vê-los de hora em hora entre as aulas. E, se tiver algum problema, envio uma mensagem de texto para você, Nikki", a Marcy explicou. "Caso contrário, me encontrem aqui depois da aula para pegá-los."

"Obrigada, Marcy! Você salvou nossa vida!", eu disse.

De repente, a Marcy congelou.

"SHHHH!! Estou ouvindo outro barulho estranho!", ela sussurrou.

CHOMP-CHOMP! CHOMP! CHOMP! CHOMP-CHOMP!

Eu também ouvi!

Assustadas, a Marcy, a Zoey e eu olhamos para a porta.

Seriam passos?

AI, MEU DEUS! E se a secretária estivesse vindo colocar as correspondências do diretor Winston na mesa dele e nos visse aqui?

Procurei rapidamente um lugar onde me esconder.

"Talvez devêssemos nos esconder dentro daquele armário!", sussurrei meio que gritando.

"Ei, meninas! Não SURTEM! Sou só EU!", a Chloe deu uma risadinha.

Nós nos viramos e a vimos comendo os últimos pedaços de chocolate do pote de doces do diretor Winston...

CHLOE, ROUBANDO DOCES DO POTE DO DIRETOR WINSTON!

"Desculpa se pareço uma leitoa! Mas esses docinhos são DELICIOSOS!"

Evidentemente, nos sessenta segundos em que passamos de costas, a Chloe, sabe-se lá como, tinha conseguido enfiar a maior parte dos doces daquele pote dentro da boca!

Sério! Como ela conseguiu?

A mandíbula dela se DESLOCA quando ela come, como aquelas serpentes enormes que aparecem no Animal Planet?!

De qualquer forma, apesar dos barulhos feitos pela Chloe, os cachorros finalmente adormeceram.

A Marcy apagou a luz, e nós nos apressamos de volta para a secretaria.

E bem a tempo.

Quando alcançamos o corredor, a caminho da sala, a secretária segurou a porta aberta para nós.

"Tenham um bom dia, meninas!" Ela sorriu.

"Você também!", respondemos e sorrimos para ela.

De qualquer modo, ainda bem que os cães estão escondidos na sala do diretor Winston, onde não serão encontrados.

Agora só preciso sobreviver ao resto do dia, que são cerca de CINCO horas.

Não pode ser TÃO DIFÍCIL assim!

☺!!

SEXTA-FEIRA, MEIO-DIA
NO DEPÓSITO DO ZELADOR

A Chloe, a Zoey e eu engolimos nosso almoço o mais rápido que pudemos.

Então saímos do refeitório e corremos em direção ao depósito do zelador, como planejado.

AI, MEU DEUS! Parecia que o espaço tinha sido invadido por um furacão categoria 3.

Parecia que a gente ia demorar MUITO tempo para limpar a grande SUJEIRA que aqueles cachorros tinham feito. Apesar de as minhas melhores amigas e eu DETESTARMOS limpar nosso quarto e ODIARMOS colocar a louça na lava-louça, conseguimos terminar antes do fim do almoço.

Como?!

Vestimos as luvas de borracha e unimos esforços para nos tornarmos as SUPER-HEROÍNAS conhecidas como...

Infelizmente para nós, acabamos com o mesmo cheiro do depósito do zelador ☹!

O que é uma combinação de sabão, produto de limpeza e um esfregão bolorento e fedido!

ECAA ☹!!

De qualquer forma, a Marcy tem dado uma olhada nos cães de hora em hora, entre as aulas, e disse que me enviaria mensagens de texto se alguma coisa acontecesse. Não recebi notícias, então NADA de notícias é uma boa notícia ☺!

Talvez essa coisa toda de ser babá de cachorros dê certo, no fim das contas.

Só faltavam algumas poucas horas até o fim do dia de aulas.

ÊÊÊÊÊ!!!

!!

SEXTA-FEIRA, 13 HORAS
NA AULA DE BIOLOGIA

A grande feira de ciências é hoje depois da aula, e os alunos já estão se organizando no ginásio. Minha professora de biologia colocou um cartaz na parede...

Como metade dos alunos da nossa turma de biologia estava no ginásio se preparando para a feira (incluindo o Brandon ☺!), nossa professora disse que poderíamos passar a hora revisando o capítulo para a prova da semana que vem.

Foi bom ter um tempo extra para estudar biologia, mas, para ser sincera, eu estava morrendo de tédio.

Por que estudar para a prova de biologia HOJE se eu podia simplesmente ENROLAR e estudar na SEMANA QUE VEM?

De qualquer modo, conferi minhas mensagens de texto e vi que não tinha nenhuma da Marcy, então os cães deviam estar bem ☺!

E as aulas acabariam em breve!

MAS, para o caso de HAVER um problema, eu queria estar totalmente preparada.

Então decidi usar meu tempo com sabedoria e escrever um gerador de desculpas, só por diversão ☺!!...

GERADOR DE DESCULPAS PARA EXPLICAR POR QUE HÁ OITO CÃES NA SALA DO DIRETOR WINSTON

Para: diretor Winston

De: Nikki J. Maxwell

Caro diretor Winston,

O senhor provavelmente está se perguntando por que há oito cachorros em seu escritório. Então, por favor, me deixe explicar.

Mas primeiro quero que saiba que estou:
- ☐ chocada
- ☐ confusa
- ☐ com fome
- ☐ careca

assim como o senhor por causa dessa situação preocupante.

Eu estava indo para a aula hoje cedo quando pensei ter ouvido:
- ☐ arranhões
- ☐ vômitos
- ☐ cantorias
- ☐ "cucurucuuuu"

em uma das portas de saída.

Pensei que fosse apenas:
- ☐ um entregador de pizza
- ☐ um palhaço de circo
- ☐ um esquilo raivoso
- ☐ um vampiro com sede de sangue

tentando entrar.

Então eu abri a porta só um pouquinho para espiar. Mas, antes que pudesse impedir, oito cachorros correram aqui para dentro depressa.

Tentei pegá-los, mas eles foram mais rápidos do que:
- ☐ um raio
- ☐ uma diarreia incontrolável
- ☐ uma minhoca numa nevasca
- ☐ um piloto de carro de corrida com os quatro pneus furados

e eles desapareceram pelo corredor.

Então eu procurei cuidadosamente bem em cada:
- ☐ sala de aula
- ☐ banheiro
- ☐ armário
- ☐ lata de lixo

Mas AINDA assim não consegui encontrá-los.

Isso me deixou tão frustrada que eu quis:
- ☐ comer um sanduíche de pasta de amendoim, geleia e picles

☐ cutucar o nariz
☐ fazer a dança do pintinho amarelinho
☐ tomar um banho de espuma

e então chorar histericamente.

O único lugar em que eu NÃO HAVIA procurado era a sua sala! E isso porque eu não queria infringir nenhuma regra do colégio e acabar correndo o risco de:
☐ ser expulsa do WCD
☐ ser advertida depois da aula
☐ ficar assada
☐ ficar com uma espinha do tamanho de uma uva-passa no nariz

o que, lamentavelmente, passaria a figurar em meu histórico escolar permanente e poderia me impedir de entrar numa boa faculdade.

Infelizmente, eu não tive escolha a não ser procurar os cães em sua sala.

Claro que, assim que os vi lá, eu imediatamente:
- ☐ fiz xixi na calça
- ☐ desmaiei
- ☐ fiz uma selfie
- ☐ pisei num cocô de cachorro

o que foi uma experiência tão traumática que precisarei de anos para me recuperar.

Felizmente, os cães estavam apenas:
- ☐ comendo boletins de alunos
- ☐ bebendo água do vaso sanitário
- ☐ comendo sua cadeira de couro
- ☐ tirando um cochilo

então seu escritório não foi muito danificado.

Eu havia acabado de sair da sua sala para ligar para o Centro de Resgate de Animais Amigos Peludos, para pegarem os cães e encontrarem lares para eles, quando descobri que o senhor tinha voltado e encontrado os animaizinhos em seu escritório.

Nunca mais vou abrir as portas do nosso colégio para:
- ☐ oito retrievers abandonados
- ☐ sete poodles frescos
- ☐ seis yorkies chiliquentos
- ☐ cinco dálmatas bobocas e uma perdiz numa pereira

porque aprendi a lição.

Atenciosamente,
NIKKI J. MAXWELL

☺!

SEXTA-FEIRA, 15H05
NA BIBLIOTECA DO COLÉGIO

É difícil acreditar que um dia que começou tão HORRIVELMENTE ERRADO está terminando tão PERFEITAMENTE CERTO ☺!

A Chloe, a Zoey e eu estávamos trabalhando na biblioteca como GLA (guardadoras de livros assistentes) quando o Brandon chegou.

Nós dois ficamos muito ocupados com um monte de coisas o dia todo e não tínhamos nos visto.

"E aí, Nikki?! Queria agradecer mais uma vez pelo adubo para o meu projeto de ciências. Eu entreguei o que sobrou para a sra. Wallabanger, e ela ficou feliz. Planeja usá-lo para arrumar o jardim."

"Sem problema! Fico sempre feliz em ajudar", sorri.

Então o Brandon ficou SUPERsério. "Mas, acima de tudo, obrigado por me ajudar com a Holly e os filhotes.

Vocês foram simplesmente... INCRÍVEIS!", ele disse, afastando a franja dos olhos.

Então ele meio que... ficou olhando bem dentro... dos confins enlameados... da minha frágil, porém torturada... alma.

AI, MEU DEUS! Pensei que fosse DERRETER e virar uma grande poça de líquido gosmento bem ali, na mesa.

ÊÊÊÊÊ ☺!!

Decidi ser totalmente sincera com o Brandon, porque uma amizade DE VERDADE se baseia na sinceridade, na confiança e no respeito mútuo. Certo?!

"Obrigada, Brandon! Tenho que admitir que tive alguns momentos desafiadores com os cachorros. Mas, de modo geral, as coisas foram muito bem, e eles foram muito divertidos!"

Tudo bem, então talvez eu não tenha sido TOTALMENTE sincera.

Sim, eu sei! Eu muito convenientemente deixei de mencionar o fato de que minha mãe tinha me dito que eu NÃO PODIA cuidar dos cachorros, mas fiz isso mesmo assim e os deixei escondidos no meu quarto.

E não falei que minha mãe tinha decidido ficar em casa naquela manhã, o que significava que eu não podia deixar os cachorros lá, como tinha planejado.

Também pulei a parte sobre ter levado os cães para o colégio.

E também que a Chloe, a Zoey e eu os escondemos no depósito do zelador.

E que a Marcy nos ajudou a colocá-los no escritório do diretor Winston enquanto ele estava fora.

Então, acho que dá para dizer que eu MENTI para o Brandon quando NÃO contei a ele essas coisas. Menti um pouco.

Mas olha SÓ! Ele disse que pretendia me agradecer por toda a ajuda comprando cupcakes na CupCakery para nós em breve!

^^^^^
EEEEE 😊!!

Fiquei muito feliz em saber disso (e aquelas intrometidas da Chloe e da Zoey também!)...

Bom, em menos de UMA hora, vamos encontrar a Marcy para pegar os cachorros da sala do diretor.

E então a Chloe vai assumir os cuidados.

A Chloe e a Zoey têm muita SORTE, porque os pais DELAS sabem sobre os cachorros. Então elas não vão precisar escondê-los no quarto, como eu fiz.

Estou feliz por ter sobrevivido às últimas vinte e quatro horas. E TODOS os cães também!

^^^^^
ÊÊÊÊÊ ☺!!

Não quero me gabar nem nada.

Mas fui a...

BABÁ DE CÃES.

PERFEITA!!!

☺!!

SEXTA-FEIRA, 15H48
NO MEU ARMÁRIO

Certo! NÃO. DEVO. ENTRAR. EM. PÂNICO ☹!!

Acabei de receber umas mensagens de texto da MARCY!!

MARCY: Esperando vocês na sala do Winston. Os cachorros estão bem. Até mais.

EU: Ótimo! Estou no meu armário esperando a Chloe e a Zoey. Chegamos aí em 2 minutos.

MARCY: Aliás, a tigela de água dos cachorros está vazia. Tudo bem se eu der mais água?

EU: Por favor, não abra a jaula dos cachorros. Então nada de água.

MARCY: Tem certeza? Eles parecem estar com sede.

EU: NÃO ABRA A JAULA!!!!!!!!!!!!!!!!!

MARCY: OOPS!! ☹!!

EU: O que aconteceu?!!

EU: Marcy?!!!!!!!!!!!!!!!!!!!!!!!!

MARCY: SOCOOOOORRO!!!

Eis o que aconteceu...

A MARCY ABRE A CAIXA DOS CACHORROS ☹!!

Eu estava prestes a sair correndo para resgatar a Marcy quando ouvi alguém chamando meu nome.

"NIKKI! Espera! Preciso falar com você!"

O Brandon correu e se recostou no meu armário, totalmente sem fôlego.

"Ufa! Acabei de correr do ginásio até a biblioteca e vim pra cá. Ainda bem que você ainda não foi embora! Esqueci de perguntar mais cedo. Tem alguém na sua casa agora?"

Foi quando recebi outra mensagem de texto da Marcy.

> MARCY: Tentando colocar os cachorros de volta na jaula. Impossível! Onde vocês estão?!

"Na verdade, Brandon, minha mãe está em casa agora. Ela não foi trabalhar. Por que quer saber?"

"Ótimo! Como preciso ficar na feira de ciências até as sete da noite, acabei de mandar o motorista da Queijinho Derretido até a sua casa para pegar os cachorros e levá-los para a casa da Chloe. Tudo bem?"

Fiquei olhando para o Brandon com a boca aberta. "Espera um pouco! Você já mandou o motorista para A MINHA CASA?!"

"Sim", ele respondeu.

"PARA PEGAR OS CACHORROS?!"

"Sim."

"COM A MINHA MÃE??!!!", praticamente gritei.

"Algum problema? Pensei que você tivesse dito que ela estava em casa", o Brandon falou, um pouco confuso.

"Ela está em casa. Humm, quer dizer, ela ESTAVA! Na verdade."

Foi quando recebi outra mensagem da Marcy.

> MARCY: CADÊ VOCÊS??!! Os cachorros não param de correr e de entrar em tudo!! SOCORRO!!!

"Hum... minha mãe acabou de me mandar uma mensagem. Ela levou os cachorros... para, humm... fazer COMPRAS! Eles só voltam daqui a uma hora, no mínimo."

"Compras? Sério?!", o Brandon disse. "Bom, vou pedir ao motorista para esperar na frente da sua casa até ela voltar."

"NÃO! Ele não pode fazer isso! Quer dizer, tudo bem. Mas, depois das compras, ela planeja ir, hum... ao SPA!"

"Nikki, sua mãe vai levar oito cachorros para fazer compras e ir ao spa?!"

"É um spa para CÃES! E é da srta. Bri-Bri. É a mulher com quem você conversou no telefone ontem. Eles provavelmente ficarão lá por, tipo... umas dezessete horas, então o motorista não deve esperar!"

Então, a Chloe e a Zoey chegaram.

"Oi, Nikki, está tudo bem?", a Zoey perguntou.

"É, você parece meio assustada!", a Chloe acrescentou.

"Bom, as coisas ESTÃO meio malucas neste momento!", o Brandon explicou. "A Nikki me deu notícias dos cães. E uma parte delas é quase inacreditável!"

"VOCÊ CONTOU AO BRANDON SOBRE OS CÃES?!!", a Chloe e a Zoey exclamaram.

"SIM! Quer dizer, NÃO! Desculpa, estou muito, muito confusa agora!", murmurei.

"A Nikki me disse que os cães não estão na casa dela agora", o Brandon disse.

"Então você sabe que trouxemos os cachorros para o colégio hoje?", a Chloe perguntou, rindo.

"E que eles acabaram com o depósito do zelador?!", a Zoey deu uma risadinha.

"Nikki, por que você está fazendo essas caretas estranhas e feias e por que está apontando para o Brandon?", a Chloe perguntou.

"OOPS!", as duas murmuraram.

Foi quando o Brandon começou a surtar.

"Espera aí! Vocês acabaram de dizer que trouxeram os cães para o COLÉGIO hoje? E que os colocaram no DEPÓSITO DO ZELADOR?!"

"Não, nós NÃO dissemos isso", a Chloe negou.

"Bom, a Nikki acabou de me dizer que a MÃE DELA os levou às compras e ao SPA de cães!", o Brandon disse.

"SUA MÃE LEVOU OS CÃES ÀS COMPRAS E A UM SPA DE CACHORROS?!", a Chloe e a Zoey exclamaram.

"Bom, sim! Claro que não!", dei de ombros.

"Tudo bem, Nikki, estou muito confuso!", o Brandon disse, balançando a cabeça. "Se os cães não estão na sua casa, NEM no depósito do zelador, NEM fazendo compras com a sua mãe, NEM no spa para cães, ONDE eles estão, afinal?!"

O Brandon, a Chloe e a Zoey ficaram me olhando por, tipo, uma ETERNIDADE, esperando uma resposta.

De repente, a Marcy surgiu correndo, gritando a plenos pulmões!...

O que significa que eu não tive que responder à pergunta do Brandon, porque a MARCY respondeu ☺!

"O QUÊ? Os cães estão dentro da sala do diretor Winston? Vocês estão falando SÉRIO?", o Brandon berrou.

"Tão sério quanto um ATAQUE CARDÍACO!", respondemos.

Foi quando nós cinco saímos correndo feito loucos rumo à sala do diretor!

☹!!

SEXTA-FEIRA, 16H09
NA SALA DO DIRETOR

AAAAAAAAAAAAAHHHH!!!
(Essa fui eu gritando.)

AI, MEU DEUS! Fiquei tão IRRITADA comigo mesma!

POR QUE achei que poderia colocar oito cães dentro do meu quarto? E então levá-los para o colégio? E escondê-los no depósito do zelador? E depois enfiá-los na sala do diretor?

ONDE eu estava com a cabeça?!!!!

E, bem quando pensei que as coisas não podiam piorar, elas pioraram.

Quando nós cinco finalmente chegamos à sala do diretor, espiamos lá dentro com cuidado. Infelizmente, vimos oito cachorros soltos, acabando com a sala.

E um diretor muito confuso e irritado...

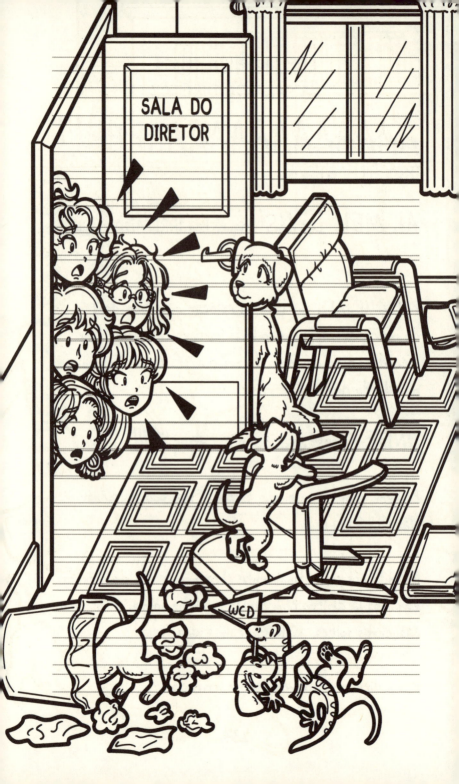

Claro, quando o diretor Winston nos viu parados ali, estava totalmente descontrolado! "Alguém pode me explicar POR QUE tem uma matilha de CÃES SELVAGENS soltos na minha sala?!", ele gritou.

"Sinto muito, senhor! Mas é TUDO culpa minha!", gaguejei.

"Não, na verdade, é culpa MINHA!", a Marcy disse, abaixando a cabeça.

"Diretor Winston, assumo total responsabilidade por esses cães", o Brandon admitiu com seriedade.

"Bom, eu também estava envolvida, senhor!", a Zoey disse com tristeza.

Foi quando todo mundo olhou para a Chloe.

"Ei, eu só acabei com seus doces!", ela deu de ombros. "Não sou nenhuma contrabandista de filhotes!"

Eu NÃO podia acreditar que a Chloe estava abandonando o barco e nos deixando sozinhas nessa!!

"Bom, é melhor que o dono dos cachorros apareça, ou vou telefonar para o pai de TODOS vocês!!"

O silêncio foi TÃO grande que dava para ouvir um alfinete caindo no chão. Então ouvimos uma voz familiar vinda da porta...

COM LICENÇA, DIRETOR WINSTON. ESTES CÃES FAZEM PARTE DO MEU PROJETO DA FEIRA DE CIÊNCIAS, E ELES ESCAPARAM! EU SINTO MUITO POR ISSO!

ERA O MAX CRUMBLY!!

Claro que todo mundo ficou chocado ao vê-lo ali. E o coitado do diretor Winston ficou tão confuso que não sabia EM QUEM acreditar. Até Max chamar a Holly e todos os oito cães o derrubarem e o encherem de lambidas...

Max se apresentou ao diretor e disse que estudava no colégio South Ridge.

Então explicou que seu projeto de ciências com o Brandon se chamava "Usando a Destilação para Transformar Água Suja em Água Potável".

E, para isso, era preciso pegar água suja do jardim e do banho (dos cachorros) para transformá-la em água potável.

O diretor Winston ficou MUITO impressionado com o Max E com seu projeto de ciências. E aparentemente a Chloe, a Zoey e a Marcy também ficaram. Por algum motivo desconhecido, as TRÊS de repente começaram a ter um ataque de risadinhas.

Eu não consegui acreditar que elas estavam PAQUERANDO o Max assim, descaradamente.

Bom, enquanto o diretor Winston conversava com o Max, o Brandon começou a reunir os cachorros e a colocá-los de novo na caixa, e a Chloe, a Zoey e a Marcy organizaram a sala.

Quando Max estava prestes a sair, ele e o Brandon trocaram um olhar.

Então o Brandon pigarreou.

"Na verdade, diretor Winston, se o senhor não se importar, talvez possamos ajudar o Max com os cachorros."

"Sim, definitivamente não queremos que eles se soltem durante a feira de ciências!", acrescentei.

"Boa ideia!", o diretor Winston concordou. "Então por que não ajudam o Max a cuidar deles?"

"Pensando bem, provavelmente vou levar os cachorros para casa antes que eles causem mais problemas", o Max disse.

"Na verdade, Max, gosto AINDA MAIS dessa ideia!", o diretor Winston riu.

O Brandon pegou o carrinho e nós seis saímos depressa dali!

Quando chegamos ao corredor com os cachorros, todo mundo ficou MUITO aliviado! Nós nos cumprimentamos, batendo nossas mãos no alto.

"Bom trabalho, Crumbly!", o Brandon exclamou.

"AI, MEU DEUS! Pensei que o diretor Winston fosse mesmo chamar nossos pais!", soltei. "Quase fiz xixi na calça!"

Claro que todo mundo riu da minha piada boba.

"E isso me lembra de que ainda preciso ligar para o motorista e pedir para ele NÃO pegar os cachorros na sua casa, Nikki!" O Brandon pegou o celular. "Vou pedir para ele vir até aqui!"

De qualquer modo, consegui sobreviver a outra CATÁSTROFE! Graças ao MAX CRUMBLY!

Esse cara é muito LEGAL!

☺!!!

SEXTA-FEIRA, 16H45
NA CASA DA CHLOE

No momento, estou totalmente EXAUSTA depois de todo o drama com os cachorros!

Depois que saímos da sala do diretor, a Chloe correu para casa e se preparou para receber os cães.

E, como o Brandon precisava ir para a feira de ciências, concordei em ajudar a deixar os cachorros na casa da Chloe.

Tenho que admitir, fiquei SUPERaliviada por NÃO TER mais que escondê-los dos meus pais.

Foi um milagre eu ter conseguido deixar os cachorros escondidos no meu quarto sem que eles descobrissem.

Depois de uma viagem muito barulhenta com os cães dentro da van, toquei ansiosamente a campainha da Chloe.

DING-DONG! DING-DONG! DING-DONG!

A primeira coisa que eu pretendia fazer quando voltasse para casa era relaxar em uma banheira de espuma bem quente ☺!

Não, espera! O banheiro do andar de cima ainda estava fedendo a esterco e pasta de amendoim ☹. ECAAA!!

Tudo bem. Em vez disso, decidi apenas relaxar terminando uma pintura com aquarela que comecei na semana passada.

Mas seria difícil, já que os cachorros tinham roído uma perna do meu cavalete ☹.

Bom, eu poderia vestir meu pijama confortável e as pantufas de coelho e escrever no meu diário ☺.

NÃO! Os cachorros tinham feito xixi no meu pijama e comido as orelhas de coelho das minhas pantufas ☹. Então agora eles estavam parecendo ratos esquisitos (os coelhos do chinelo, não os cachorros)!

Meus pensamentos foram interrompidos quando alguém finalmente atendeu a porta. A pessoa ali estava usando uma máscara cirúrgica, uniforme cirúrgico e luvas de látex e segurando um spray com produto de limpeza...

EU, TENTANDO ENTENDER POR QUE A CHLOE ESTAVA VESTIDA DE UM JEITO TÃO ESQUISITO

"Oi, Nikki. Sim, sou eu. Você recebeu minha mensagem? Sinto muito", ela disse com tristeza.

Comecei a rir.

"Oi, doutora Tranqueira! Peguei você no meio da cirurgia?", brinquei.

A Chloe tirou a máscara e me encarou.

"Não, srta. Sabichona! Eu espirrei e meu tio se assustou. Então agora ele me forçou a vestir esta roupa E a jogar desinfetante pela sala", ela reclamou. "Ele tem fobia de germes! Ele chegou aqui há algumas horas e está se recusando a voltar para o apartamento dele porque o vizinho acabou de adotar um... humm, C-Ã-O!"

"COMO É?! Chloe, por que você soletrou 'cão'?"

"Shhhhh!", ela sussurrou e olhou para trás com nervosismo. "Essa palavra vai praticamente causar convulsões no meu tio. Então temos que tomar MUITO cuidado com o que dizemos."

"Chloe! Quem está aí na porta?", ouvi um homem gritar da cozinha. "Por favor, avise que essa pessoa não pode entrar sem máscara e sem luvas. Já temos muitos germes nesta casa!"

"Pare de se preocupar, tio Carlos! Por favor!", a Chloe respondeu, um pouco irritada.

Ele continuou...

"E, se for o carteiro, por favor, ligue para o Centro de Controle de Doenças! Só Deus sabe quais germes estão vivendo naqueles envelopes cheios de saliva que as pessoas lamberam e que ele leva de casa em casa. Ele provavelmente está espalhando a peste bubônica! Tenho palpitações só de pensar!"

"Tio Carlos, é só a minha amiga Nikki", ela respondeu. "POR FAVOR! Acalme-se!"

"Como posso NÃO me preocupar sendo que você está aí, com a porta aberta? Sabia que está deixando entrar um monte de vírus a cada minuto? Não é à toa que estou me sentindo mal!", ele reclamou enquanto espirrava o líquido pela sala...

O TIO DA CHLOE, CARLOS, É MEIO, HUM... ESQUISITO!

"Desculpa, Nikki! É só ignorá-lo!", ela sussurrou. "E aí, o que está fazendo?"

"Chloe, eu OUVI isso!", ele gritou. "Apesar da minha congestão nasal e da minha forte infecção de ouvido por causa das alergias, eu AINDA escuto!"

Chloe revirou os olhos, frustrada.

"Hum, na verdade, Chloe", comecei, "vim apenas entregar, hum... estes oito pacotes... como combinamos", falei de um jeito esquisito e apontei os cachorros.

"Então acho que você NÃO recebeu a mensagem que deixei no seu celular", a Chloe suspirou.

"Que mensagem?", perguntei. "Acho que não ouvi meu telefone tocar. Os cachorros estavam fazendo muito barulho no caminho até aqui."

A Chloe se retraiu quando eu disse a palavra "cachorros".

"OOPS!", sussurrei. "Foi mal!"

"CACHORROS?", o tio dela perguntou. "Alguém acabou de dizer 'CACHORROS'?! Leve-os embora antes que eu fique com a pele toda vermelha! Ah, não! Já estou começando a me coçar!"

"Não, tio Carlos! A Nikki disse 'pimpolhos'! É uma gíria para 'amigos'", a Chloe explicou. "Ei, Nikki, pode me ajudar lá fora?", ela sussurrou, puxando meu braço.

"Ei, ouça, Chloe!", exclamei de repente, bem alto. "Eu e meus pimpolhos vamos ao Burger Maluco hoje à noite. Tá a fim?"

Assustado, o filhote menor olhou para mim e latiu. A Chloe e eu fizemos um som para que ele se calasse.

"Chloe! Eu ouvi um LATIDO?", o tio dela gritou.

Ele tossiu de um jeito bem exagerado.

"Agora estou ficando zonzo e meio sem fôlego! Provavelmente é um ataque de asma! Chloe, depressa, chame a ambulância!"

"Tio Carlos, o senhor NÃO sofre de asma!", a Chloe resmungou. "Além disso, já me fez chamar a ambulância três vezes na última hora. Eles provavelmente já bloquearam nosso telefone!"

"Então use o celular!", o tio dela disse. "E só porque não sofro de asma agora não quer dizer que não vou sofrer mais tarde!"

A Chloe parecia prestes a perder as estribeiras.

"O que acha de eu cuidar dos cachorros e VOCÊ cuidar do meu tio?", ela sussurrou.

"Eu OUVI isso!", seu tio gritou de novo. "Tem CERTEZA de que não há CACHORROS nesta casa?!"

"Sério, Nikki, sinto MUITO!", a Chloe se desculpou. "Meus pais disseram que eu não podia mais cuidar dos cachorros porque meu tio vai passar o fim de semana aqui. E, infelizmente, ele diz ser alérgico a cachorros. E a TODO O RESTO!"

"Não se preocupe, Chloe. Entendo totalmente", falei.

"E a Zoey? Talvez ela possa ficar com os cachorros por dois dias", ela sugeriu.

"Acho que não. Hoje é aniversário da mãe dela, e a Zoey vai levá-la para jantar. Elas ficarão fora a maior parte da noite. Então acho que vou deixá-los em casa mais um dia", respondi suspirando.

Meu estômago já estava dando nós de pensar em esconder os cachorros dos meus pais outra vez.

Apesar de estar exausta, eu senti mais pena da Chloe.

Eu preferia passar o fim de semana com uma matilha de cães selvagens do que com o tio Carlos, reclamão, meio maluco e com fobia de germes.

A Chloe se ofereceu para ajudar a colocar os cachorros dentro da van.

Ao sairmos do veículo, a mãe da Chloe estava se aproximando.

"Oi, sra. Garcia", sorri.

"Oi, mãe", a Chloe disse. "E não se preocupe! A Holly e seus filhotes já estavam de saída."

"Oi, meninas! UAU! Os FILHOTINHOS são ADORÁVEIS!", a sra. Garcia falou. "Tenho ótimas notícias para as duas!"

EU, TORCENDO PARA QUE A BOA NOTÍCIA SEJA QUE O TIO CARLOS ESTÁ VOLTANDO PARA CASA!!

"As Escoteiras Margaridas vão dormir na casa de um vizinho para receber suas medalhas de cuidadoras de cachorros. Então, Nikki, se não tiver problema, a líder delas, que também é minha irmã, ADORARIA cuidar dos cachorrinhos, já que a Chloe não pode."

"Acho que é uma ótima ideia!", a Chloe exclamou. "E amanhã minha mãe e eu podemos pegar os cachorros e levá-los para a casa da Zoey. Sei que você está exausta e precisa de um tempo, Nikki!"

A sra. Garcia continuou: "Minha irmã adora cães e tem um. Então a Holly e seus filhotes estarão em boas mãos. E será uma grande experiência para as dezesseis meninas. Pode ser até que você encontre um lar para um dos cãezinhos. Quem sabe?"

"Na verdade, isso me parece fantástico!", falei, animada. "Só vou falar com o Brandon para saber se ele concorda!"

Liguei para o Brandon do meu celular e expliquei a situação com o tio da Chloe, então contei que a irmã da sra. Garcia tinha se oferecido para cuidar dos cachorros (com as escoteiras). O Brandon adorou a ideia.

Então estava tudo combinado!

A sra. Garcia concordou em deixar os cachorros e depois me levar para casa.

Parece que o meu DRAMA canino terminou e eu SOBREVIVI!
^ ^ ^ ^ ^
ÊÊÊÊÊ!!!
...

☺!!

SEXTA-FEIRA, 17H15
NÃO ACREDITO QUE ESTOU AQUI!
DE NOVO ☹!!

A Brianna e eu tínhamos nos apaixonado por TODOS os cachorros, mas nosso preferido era o menor deles.

Ela era SUPERlinda, curiosa e esperta, e adorava brincar com os bichinhos de pelúcia da Brianna.

Apesar de saber que sentiria saudade dos cachorros, eu me senti orgulhosa por tê-los mantido em segurança.

Também aprendi que eles podem ser tão bagunceiros quanto LINDOS.

Dizer que os sete filhotes da Holly davam trabalho era piada.

Pareciam sete diabos-da-tasmânia com bafinho de leite e que ainda não sabiam fazer xixi no lugar certo.

Eu já estava ansiosa para vê-los na Amigos Peludos na semana que vem.

A Chloe e eu não sabíamos onde os cachorros dormiriam. Mas, assim que a sra. Garcia parou o carro, nós reconhecemos a casa.

No começo, SURTAMOS totalmente.

Depois encaramos, chocadas.

Em pouco tempo, começamos a abafar o riso.

E então a rir.

Finalmente, gargalhamos até ficar com dor na lateral do corpo!

Entre os oito cachorros e as dezesseis escoteiras Margaridas (incluindo a pirralha da minha irmã, a Brianna), nós sentimos muita, muita pena da...

MACKENZIE HOLLISTER!!...

Desculpa, mas a MacKenzie merecia totalmente cada momento divertido com ~~os cachorrinhos~~ os cocozinhos.

Seria uma noite MUITO, MUITO longa.

Principalmente depois de eu sugerir à Brianna que a srta. Bri-Bri abrisse um novo SPA-PATAS dentro do quarto enorme e luxuoso da MacKenzie!

Assim, ela poderia fazer sua máscara facial de pasta de amendoim na irmãzinha da MacKenzie, Amanda, nas outras catorze meninas E nos sete cachorrinhos DE GRAÇA!

Brincadeira ☺!!

SÓ QUE NÃO!!

Eu sou um GÊNIO do mal!

MUÁ-HA-HA-HA-HA!

☺!!

SÁBADO, 3 DE MAIO – 17 HORAS
NA AULA DE BALÉ DA BRIANNA

Eu estava tão exausta de cuidar dos cachorros que acordei depois do almoço.

E, quando desci para pegar alguma coisa para comer, a Brianna já tinha voltado e saído de novo para ir à aula de balé.

O que significa que não consegui falar com ela durante o dia.

Eu estava completamente MALUCA para saber tudo sobre os cachorrinhos. E sobre o novo SPA-PATAS dela ☺!

Minha mãe disse que a Brianna gostou muito de dormir fora e cuidar dos filhotes. E que ela ganhou uma medalha por isso, o que significava que ela seria uma dona responsável de um cachorrinho.

Bom, eu decidi ir com a minha mãe buscar a Brianna no balé.

E, quando entrei para apanhá-la, recebi uma notícia muito ESCANDALOSA!

Mas primeiro vou esclarecer uma coisa.

Não sou o tipo de pessoa que espalha BOATOS asquerosos sobre as outras pessoas.

E eu me recuso a FOFOCAR de alguém pelas costas (diferentemente da maioria das GDPs — Garotas Descoladas e Populares — que fofocam de tudo na sua CARA).

Mas não consegui RESISTIR e quis saber as últimas FOFOCAS de uma certa rainha do drama ladra de diários que tinha acabado de ser transferida para a Academia Internacional Colinas de North Hampton.

E a fofoca vinha de uma fonte MUITO confiável.

Ou seja, a irmãzinha da MacKenzie, AMANDA.

Eu estava apenas cuidando da minha vida e tentando ser simpática quando disse...

EU, CONVERSANDO COM A IRMÃZINHA DA MACKENZIE, AMANDA!

"Bom, Amanda, se é segredo, então você não tem que me contar", falei, dando um abraço nela. "Mas tenho MUITA certeza de que o Papai Noel vai trazer muitos brinquedos legais para você e para sua melhor amiga, a Brianna, este ano, porque você é a melhor irmã MENOR que uma irmã MAIOR pode ter!!", ~~menti~~ falei.

"Você acha mesmo?!", a Amanda riu. "Certo, então o grande segredo da MacKenzie é..."

"Espera!", a Brianna interrompeu, sorrindo para mim como uma cobra de tutu cor-de-rosa. "Já que somos duas irmãzinhas muito boazinhas, você pode levar levar a gente para ver *Princesa de Pirlimpimpim salva a ilha do bebê unicórnio, parte 9?!* POR FAVOOOOOR?!"

"Nossa! Um filme da Princesa de Pirlimpimpim?! Seria INCRÍVEL!", a Amanda gritou.

Lancei um olhar sério para a Brianna.

Eu NÃO podia acreditar que ela estava se aproveitando de mim assim.

Mas, se eu quisesse saber as coisas sobre a MacKenzie, não tinha opção: teria que ceder aos pedidos da Brianna.

"Hum, tudo bem. Mas, Amanda, temos que pedir para a sua mãe primeiro", expliquei. "Agora vamos voltar ao grande segredo da MacKenzie, está bem? Então, DESEMBUCHA!"

A Amanda respirou fundo e começou de novo: "Bom, quando a MacKenzie foi para o colégio novo, ela..."

"Espera um pouco!", a Brianna interrompeu. "Vamos precisar de pipoca amanteigada quentinha no cinema."

"TUDO BEM!", falei, irritada. "Vou comprar pipoca!"

"E balas de goma também!", a Brianna acrescentou.

Aquela pirralha estava sugando o que dava daquela situação.

Eu NÃO podia acreditar que estava sendo tão manipulada pela minha irmãzinha GANANCIOSA!

Tipo, QUEM faz isso?!!

"CERTO! E balas de goma também!", falei entredentes. "Mas nada mais. Só isso! Entendeu?"

A Brianna sorriu para mim como um filhote de tubarão...

"Agora, Amanda, onde estávamos antes de a Brianna nos interromper de modo tão GROSSEIRO?"

Amanda começou a sussurrar.

Então ela me contou algumas coisas que tinham acontecido com a MacKenzie no novo colégio.

AI, MEU DEUS!
As coisas que ela disse eram INACREDITÁVEIS!

Não foi à toa que a MacKenzie agiu de modo tão esquisito quando a vimos na CupCakery.

QUASE senti PENA dela!

Perceba que eu disse "quase".

Bom, preciso parar de escrever no diário agora.

Para comemorar o fato de a Brianna ter ganhado sua medalha de cuidadora de cães, minha mãe deixou a gente jantar no Burger Maluco!!

^^^^^ EEEEE ☺!

Estou com tanta fome que seria capaz de comer um daqueles chapéus de isopor do Burger Maluco, com os olhos vidrados e tudo!

☺!!

SÁBADO, 20H30
NO MEU QUARTO

Faz uma hora que falei com a Zoey ao telefone. Ela me disse que a Chloe tinha deixado os cães por lá perto do meio-dia, e a Zoey tem se divertido muito com eles o dia todo.

Está tudo tão QUIETO no meu quarto agora que os cachorros se foram. Eu sinto muito a falta deles.

De qualquer modo, ainda estou em choque por causa das coisas que ouvi sobre a MacKenzie hoje.

Aparentemente, seu primeiro dia de aula transcorreu bem e todo mundo foi SUPERlegal. Mas o segundo dia foi um desastre.

A MacKenzie estava no banheiro quando um grupo das garotas mais populares entrou. Elas estavam rindo muito de alguma coisa, e ela ouviu quando elas disseram seu nome.

Então a MacKenzie espiou da sua cabine e...

... VIU AS MENINAS RINDO E TIRANDO SARRO DAQUELE VÍDEO EM QUE ELA ESTÁ COM O INSETO NOS CABELOS!!

A MACKENZIE SE SENTIU TÃO ENVERGONHADA E HUMILHADA QUE SE ESCONDEU DENTRO DO BANHEIRO POR TRÊS HORAS, ATÉ AS AULAS ACABAREM!

E então acabou recebendo uma advertência por ter matado aula!!

A Amanda disse que a MacKenzie ODIOU as garotas populares do Colinas de North Hampton, porque elas eram malvadas, esnobes e tiraram sarro dela por causa do vídeo do inseto.

AI, MEU DEUS!
Todo aquele drama de garota malvada parecia muito familiar, de um jeito ruim. A MacKenzie estava sendo tratada por aquelas garotas do Colinas de North Hampton EXATAMENTE como ELA ME tratava!

Parece que algumas das alunas do colégio novo tinham classificado MacKenzie Hollister, a EX-rainha das GDPs, como...

UMA BAITA GAROTA NADA POPULAR!

Bom, MacKenzie, bem-vinda ao clube ☺!

E tudo isso é MUITO inacreditavelmente...

INACREDITÁVEL!!

Porque isso não parecia NADA com algo que uma GDP MALVADA que teve um armário ao lado do meu por oito longos meses no WCD faria.

Fala sério! QUEM em sã consciência NÃO ADORARIA estudar em um colégio moderno como a Academia Internacional Colinas de North Hampton?!

Mas a Amanda disse que a MacKenzie inventava coisas legais sobre a vida dela e fingia ser outra pessoa para que os alunos gostassem dela. Isso também explica aquele lance em que ela só faltou roubar a MINHA identidade quando conheci alguns de seus amigos na CupCakery.

De qualquer forma, minha conversa com a Amanda foi GROSSEIRAMENTE interrompida por uma voz alta e estridente.

"AMANDA!! Eu mandei você NUNCA MAIS conversar com aquela PIRRALHA nem com a irmã RIDÍCULA dela! Vamos! AGORA!!", a MacKenzie gritou.

Então ela partiu para cima de nós como um... urubu raivoso e arrastou a Amanda para longe como uma... carcaça.

A MACKENZIE AGARRA A AMANDA E A LEVA EMBORA!

Foi quando a Brianna abriu um sorrisinho.

"Parece que a MacKenzie ainda está brava por causa do SPA-PATAS que abri no quarto dela durante a noite que passamos lá!", ela riu. "Todo mundo ADOROU! Menos a MacKenzie."

E olha isso! A MacKenzie não disse absolutamente nada para mim!

Simplesmente saiu rebolando com o nariz empinado, como se eu nem existisse.

Eu simplesmente ODEIO quando aquela garota rebola!

Bom, em parte, é culpa da Brianna eu não ter conseguido mais detalhes a respeito do que aconteceu. A Amanda não conseguia completar uma frase sem que a minha irmã a interrompesse com grosseria para exigir vários petiscos nada saudáveis para o cinema.

Então, se eu quiser saber de mais SUJEIRAS sobre a MacKenzie, pode ser que tenha que passar uma tarde

toda levando a Brianna e a Amanda para ver o filme
Princesa de Pirlimpimpim salva a ilha do bebê unicórnio,
parte 9.

Sofrer tendo que assistir a mais um filme bobo da
Princesa de Pirlimpimpim só valeria a pena se fosse para
sair à frente da MacKenzie e seu festival de DRAMA.

☺!!

DOMINGO, 4 DE MAIO – 19 HORAS
EM CASA

O Brandon me ligou mais cedo com ótimas notícias a respeito da Amigos Peludos!

De acordo com o gerente, quatro cachorros tinham sido adotados na sexta e seis no sábado.

Então, hoje pela manhã, a Amigos Peludos tinha dez vagas para novos animais!!

^^^^^
EEEEE ☺!!!

O que significava que FINALMENTE havia espaço suficiente para Holly e seus sete filhotinhos!

Mas essa é a parte maluca!

TODOS OS FILHOTINHOS JÁ FORAM ADOTADOS! E A HOLLY TAMBÉM!

O veterinário disse que a Holly já tinha desmamado os filhotes e que eles já estavam comendo ração.

Eu me senti muito feliz e triste ao mesmo tempo! Eu teria ADORADO ter um cachorro meu.

Mas, depois do escândalo da minha mãe por causa de seus móveis e carpete, nem me incomodei em perguntar.

A irmã da sra. Garcia adotou a Holly, e QUATRO filhotes foram adotados pelas meninas na noite em que as escoteiras cuidaram dos cachorros! UAU!!

Então, graças ao tio Carlos, da Chloe, cinco cachorros encontraram lares!

E a Marcy ganhou um cachorrinho, e dois foram para pessoas que estavam na lista de espera de golden retrievers da Amigos Peludos.

Eu senti meu coração apertado por saber que aqueles cachorrinhos lindos tinham sido entregues a OUTRAS famílias.

Acho que a MINHA família NUNCA, JAMAIS pegaria um cachorro para cuidar!

Não pude deixar de afastar as lágrimas.

Sei que é maluco eu ter me apegado tanto a eles depois de poucos dias.

Mas me sinto deprimida quando olho para o contorno da jaulinha deles no carpete.

Meu quarto está muito quieto agora, mal consigo dormir!

A Brianna também tem sentido falta dos cachorrinhos.

Apesar de eu ter feito com que ela jurasse pelo bebê unicórnio cor-de-rosa da Princesa de Pirlimpimpim que manteria a história dos filhotes EM SEGREDO, ultimamente tem sido a ÚNICA coisa sobre a qual ela fala.

"Sabe quem ia AMAR essas almôndegas?", ela suspirou com tristeza à mesa do jantar. "A Holly e os sete cachorrinhos que escondemos no quarto da Nikki! Sinto saudade deles."

Uma parte de mim queria estender a mão e bater nela. E a outra parte estava em pânico, engasgando com uma almôndega.

Bom, na verdade... eu estava COMPLETAMENTE engasgada com aquela almôndega!

"Nikki!", minha mãe gritou. "Você está bem?!"

Eu tossi e engoli rapidamente o suco do meu copo para fazer a almôndega descer antes de o meu rosto ficar roxo.

"Desculpa! Esses bolinhos de carne estão tão deliciosos que estou literalmente tentando aspirá-los!", eu ri com nervosismo.

Meu pai e minha mãe se entreolharam.

"O que você estava dizendo sobre os cachorrinhos?", meu pai perguntou à Brianna com curiosidade.

"Ei, Brianna!", interrompi, tentando desesperadamente mudar de assunto. "Como está o Oliver? Aposto que ele também adora almôndegas!"

"Ele AMA cachorrinhos AINDA MAIS!", ela disse com tristeza. "Ele disse que queria brincar com os filhotinhos que você tinha no seu quarto."

Meu pai franziu o cenho. "São os filhotinhos de pelúcia da Princesa de Pirlimpimpim?"

"Não, pai! São os filhotinhos da Nikki! E são DE VERDADE!", a Brianna o corrigiu.

"Na verdade, pai, os filhotinhos não são de verdade", expliquei. "Mas a Brianna gosta de fingir que eles moram no meu quarto."

"Na-na-ni-na-não!", ela protestou. "Eles são de verdade e você sabe disso! Você se lembra das almofadas rasgadas na sala de estar? E da pasta de amendoim e da lama no banheiro do andar de cima, do Spa-Patas? E do cocô de cachorro no quarto da mamãe e do papai? E do..."

"HA! HA! HA!", gritei por cima do que ela dizia. "Cachorros fazendo cocô no quarto da mamãe e do papai? AI, MEU DEUS! Você é HILÁRIA, Brianna!"

"Você não riu quando estava no chão do banheiro, coberta de lama, pasta de amendoim e água da privada!", ela gritou e mostrou a língua para mim.

"Brianna!" Minha mãe a repreendeu. "Já chega!"

Eu NÃO podia acreditar que aquela PIRRALHA estava expondo todos os meus assuntos pessoais daquele jeito!

Muito obrigada, Brianna!

Pode contar tudo, assim o papai e a mamãe vão me deixar de castigo até meu aniversário de dezoito anos.

"Não faço a menor ideia POR QUE a Brianna de repente ficou tão obcecada com filhotinhos", dei de ombros, toda inocente. "Talvez tenha sido aquela história de cuidar dos cachorros quando dormiu fora de casa."

Minha mãe e meu pai se entreolharam de novo.

Na verdade, eu estava começando a me sentir meio incomodada.

Não deixei de notar que meus pais estavam agindo de um jeito muito esquisito também.

Será que eles acreditaram na história maluca da Brianna?

"Nikki, depois do jantar, quero que você me ajude a pegar algumas coisas no carro, está bem?", minha mãe perguntou.

Vinte minutos depois, eu estava carregando meia dúzia de sacolas da Pets e Coisas.

"São compras do mercado?", perguntei com desconfiança. "Mãe, eu sei que você pegou a Brianna bebendo água da privada e mordendo o carteiro uma ou duas vezes! Mas servir ração de cachorro para ela é meio drástico, não acha?!"

"É comida para o apetite insaciável da Brianna", minha mãe disse.

"Ei! O que é essa coisa toda?", a Brianna perguntou. "Mãe, você comprou cereal de cachorro? Que delícia!"

Eu não podia acreditar que a Brianna tinha dito isso.

"Comi muitos petiscos de cachorro quando a Nikki cuidou de mim e dos cachorrinhos", ela se gabou.

Então meu pai desceu a escada trazendo uma caixa grande e branca com um enorme laço vermelho.

"UAU!", arfei. Seria um novo notebook para substituir aquele que a Brianna colocou dentro da lava-louça?

Abrimos a caixa e espiamos ali dentro!!...

O cachorrinho todo serelepe pulou nos nossos braços e lambeu nosso rosto.

Era o filhotinho menor da Holly! Aquele pelo qual a Brianna e eu tínhamos nos apaixonado!

"ÊÊÊÊÊÊ!!", nós duas gritamos.

"AU! AU! AU!", o filhotinho latiu.

Ficamos TÃO felizes que nós duas começamos a CHORAR!

"Eu estava implorando para a mãe de vocês por um cachorrinho há muito tempo, e ela finalmente cedeu!", meu pai disse. "Podem me agradecer mais tarde!"

"Bom, vocês duas estão falando sobre cachorros a semana toda, sem parar. Pensei seriamente em comprar um. Quando peguei a Brianna na casa da amiga e vi ESSA cachorrinha, não resisti e me apaixonei por ela. Liguei para a Amigos Peludos na hora e organizei tudo para adotá-la!"

"Podemos chamá-la de MARGARIDA?", a Brianna perguntou animada. "Ela é a cachorrinha mais linda, querida e fofa do mundo inteiro!"

Concordei totalmente. Ficamos tão felizes e animados que demos um abraço coletivo! Com a MARGARIDA!...

O FILHOTINHO DA FAMÍLIA MAXWELL!!

"Alguma coisa me disse que ela era a cachorrinha certa!", minha mãe falou, piscando para meu pai.

Uma onda de paranoia tomou conta de mim. O que ESSE comentário significava?!

Pensei que eu tivesse acabado de sair impune da maior operação de esconderijo de cachorros na história da família Maxwell!

Mas agora estava começando a me perguntar se minha mãe e meu pai tinham armado pra cima de mim e da Brianna.

De qualquer forma, a Holly e os filhotinhos dela tinham lares novos!

NÓS tínhamos uma filhotinha muito fofa chamada Margarida!

E minha semana seguinte no colégio seria LIVRE DE DRAMA pela primeira vez no ano todo!!

Minha vida estava PERFEITA ☺!!

Até eu receber uma cópia de um e-mail do diretor Winston...

Para: Sr. e sra. Maxwell
De: Diretor Winston
Re: Semana de intercâmbio do oitavo ano

Caros pais,

Todos os anos, os alunos do oitavo ano do WCD participam de uma Semana de Intercâmbio com escolas da região. Acreditamos que isso ajuda a melhorar o senso de comunidade e a cidadania entre os alunos dos colégios.

Sua filha, Nikki Maxwell, vai para a ACADEMIA INTERNACIONAL COLINAS DE NORTH HAMPTON, com vários outros alunos do WCD. Todos devem se comportar da melhor maneira, seguir o manual do aluno da escola anfitriã e deixar o WCD orgulhoso. Mais informações a respeito desse importante evento serão enviadas a sua casa na próxima semana, pela aluna. Se tiverem alguma pergunta ou dúvida, entrem em contato comigo.

Atenciosamente,
Diretor Winston

No começo, pensei que a carta fosse algum tipo de PIADA. Mas, quando cheguei o calendário do WCD no site do colégio, a Semana de Intercâmbio estava relacionada como um evento oficial.

QUE MARAVILHA ☹!!

Então agora vou para o mesmo colégio que a MacKenzie Hollister?!!

Bem quando pensei que a rainha do drama estava fora da minha vida PARA SEMPRE, ela aparece DE NOVO, como um PESADELO recorrente!

Mas, pelo que eu soube, acho que provavelmente ela precisa da minha ajuda. Ei! É muito DIFÍCIL quando outros alunos fazem a gente se sentir excluída.

Mas você tem que acreditar EM SI MESMO! Como eu sei disso? Provavelmente porque...

EU SOU MUITO TONTA!
!!

Rachel Renée Russell é uma advogada que prefere escrever livros infantojuvenis a documentos legais (principalmente porque livros são muito mais divertidos, e pijama e pantufas não são permitidos no tribunal).

Ela criou duas filhas e sobreviveu para contar a experiência. Sua lista de hobbies inclui o cultivo de flores roxas e algumas atividades completamente inúteis (como fazer um micro-ondas com palitos de sorvete, cola e glitter). Rachel vive no estado da Virgínia, nos Estados Unidos, com um cachorro da raça yorkie que a assusta diariamente ao subir no rack do computador e jogar bichos de pelúcia nela enquanto ela escreve. E, sim, a Rachel se considera muito tonta.